この口唇で、もう一度

うえだ真由

幻冬舎ルチル文庫

C O N T E N T S ✦目次✦

✦カバーデザイン＝高津深春（CoCo.Design）
✦ブックデザイン＝まるか工房

イラスト・やしきゆかり✦

この口唇で、もう一度

まさに日付が変わろうかという時刻、新宿《しんじゅく》のごみごみした街に溢《あふ》れ返るざわめきを背中に聞きながら、椎名圭祐《しいなけいすけ》はタクシーの後部ドアを手で押さえた。

「お疲れさまでしたー」

「お疲れ、気をつけて」

「椎名さん、また明日〜」

次々と乗り込む同僚の女の子たちの顔が上気しているのは、決して酔いが入っているせいだけではない。今日の飲み会は、慰労会兼祝賀会だった。契約が取れた祝いの席だったので酒も美味《うま》く、参加者はみんなハイテンションで盛り上がったのだ。

圭祐が勤めているのは、業界でも大手の広告代理店だった。仕事は多忙を極めるが、流行の最先端を駆け抜ける仕事は人気《にんき》も高く、給与も高い。結果が重要視される実力世界だし、それ故に社内外を問わず競争も厳しいから、日々に忙殺されながらもそのプレッシャーを心地好《よ》く思うくらいでないと勤まらない。

季節は八月の末、夜は灼熱《しゃくねつ》地獄だ。うっすらと汗を浮かべながら、深夜だというのに人波でごった返す大通りで、圭祐たちは先ほどから流しの空車を探しては捕まえていたのだった。

「椎名さん、空車来たっ」

同僚の女性社員が声を上げたのに、圭祐は素早く手を上げた。タクシーがハザードランプを出したのを確認してから、背後に立つ同僚の男二人を振り返る。

「柏田《かしわだ》さん、先乗ります？」

先輩に一応聞くと、柏田は苦笑しながら首を振った。

「俺が後回しってのは気に入らねぇけど、そっちは平井《ひらい》がいるからしょうがない。先どうぞ」

「わー柏田さん、優しい。レディーファーストの精神」

「何がレディーファーストだよ。常々男女同列を主張するくせに、都合のいいときだけ女になりやがって」

噴き出した柏田にその通りだと圭祐も思わず笑い、停《と》まったタクシーに平井を乗せる。今夜の打ち上げは同じチームの六人、男女それぞれ三名ずつ。帰る方向が同じ二人ずつでペアになり、乗車順は年功序列ではなく女性優先となったため、女性の中でも最年少の平井と組んでいた圭祐は二台目に乗ることを許されたようだ。

「じゃ、お先です」

「おう。またな。次の空車が早く来るように祈っといて」

気さくな口調で手を上げた柏田に会釈をしたと同時に、ドアが閉まった。本線に合流しようとする運転手に「中野《なかの》方面まで」と告げて、圭祐はシートに背中を凭《もた》せ掛ける。

隣の平井が腕時計を確認したのに気づき、圭祐はウィンドウに片肘《かたひじ》をつきながら言った。

「時間、大丈夫？」

「あ……、大丈夫です。遅くなるって連絡入れたし」

「そう」

笑顔を向けた圭祐に、平井は酔って上気した頬《ほお》で口を開く。

「椎名さん、分譲マンションで一人暮らしですよね？　すごく広いって聞いたんですけど」

「でもない。３ＬＤＫ」

「えぇ～っ、広いですよぉ。しかも分譲なんてすごーい」

甘えた声で感動してみせて、平井はため息混じりに言った。

「いいなぁ、一回お邪魔してみたい。椎名さんだったら、素敵なとこ住んでそう～」

「……」

ちらりとこちらに投げられた視線に媚《こび》が含まれているのに気づき、圭祐は行儀悪く片肘で頬杖《ほおづえ》をついたまま、口唇の端を上げる。

「残念ながら、同業の女性は入室禁止」

「え～…」

「……あ、そこ左に入ってください。二つ目の角を右に曲がって、そこで」

「はい」

運転手に指示すると、タクシーはほどなく圭祐の指定場所に停まった。札入れから五千円札を一枚抜き、圭祐は平井に渡す。

「これで帰って」

「えっ、ここからは私の――」

「いいから。明日お釣りだけくれれば」

ありがとうございますと恐縮する平井に、最後までそつのない笑顔で接し、圭祐は去っていくタクシーを見送った。テールランプが視界から消え失《う》せると息をついて、目の前のマンションのエントランスに足を踏み入れる。

二十三区内のデザイナーズマンション。四年前に結婚したとき、思いきってローンを組んで購入した物件だ。当時二年落ちだったし、駅から少し歩くしで新築マンションほどの値段ではなかったが、それでも決して安い買い物ではなかった。まぁもちろん、月々の大きな返済額が仕事へのいっそうの情熱に結びつくと確信して、それなりの覚悟を決めて購入したのだが。

「……」

キーについたセンサーを自分のメールボックスに押し当て、ロックを解除して中身を取り出す。同じようにキーのセンサーを反応させてエントランスのガラス戸をくぐり抜け、エレベーターで十二階に向かいながら、圭祐は封筒の束に目を走らせた。

来るのは殆《ほとん》どＤＭだ。興味のあるものだけを抜き、クレジットカードの明細通知などと一緒に纏《まと》めたところで、エレベーターが到着する。

廊下を進み、自分の住む一二〇五室に辿《たど》り着いた圭祐は、鍵を開けて中に入った。玄関の灯《あか》りをつけ、靴箱の上に置いた楕円形《だえんけい》のシンプルなシルバーのトレーに鍵を放り込むと、ようやく帰ってきたという実感が湧《わ》いてほっとする。

男一人が住むにはやや贅沢《ぜいたく》なこの部屋は、圭祐が誇りにしている、自分だけの空間だった。

タクシーの中での平井の話を思い出し、ふと笑顔になってしまう。

今でこそ自他共に認める独身貴族の圭祐だが、二年前までは違った。都内の外資系商社に勤める同い年の女性と、結婚生活を送っていたのだ。

合コンで知り合い、些細《ささい》な喧嘩《けんか》はあれど楽しく交際し、結婚しようかという話になったのは自然な流れだった。圭祐も彼女も当時二十五歳、年齢的にも妥当なところで、どこにでもいるありふれたカップルの一つだったことは相違ない。

仕事も遊びも精力的にこなし、自由闊達《かったつ》に生きていきたい圭祐は、恋愛の相手に必ず自立した大人の女を選んできた。甘やかしたり与えたりする喜びよりも、双方対等な立場で賢く付き合える、そういう関係を望むのだ。同い年の彼女はいわゆるキャリア志望で、仕事に情熱を傾けつつ男女の機微にもスマートに対応できる女だった。子どもは当分つくらずに、平日は二人自立して仕事に没頭し、週末は恋人気分でデートしたりしよう。そんな夢を描いて籍を入れ、事実、最初はとても楽しかった。

しかし、そんな生活も二年で終わりを告げた。

結婚して半年もした頃、圭祐は徐々に大きな仕事のチームに加えられるようになり、泊まり込みも珍しくなくなって、週末も擦れ違う生活が続いた。ちょうど仕事が面白くなりかけていた時期だったし、彼女も不満は一切言わずに自分の仕事に精を出していたから、圭祐は独身時代と同じペースで仕事に没頭した。運もあり、手がけた仕事がたまたま高評価を得られることが何度か続いて、給与は右肩上がりで同期から頭一つ抜け出した。オフィスではやり手の若手、家に帰れば恋人のような若々しさを失わない妻。毎日が順調で、何も問題はないと思っていたのだ。

そう——二年前のあの日、不倫していて子どもまでできてしまったと彼女に打ち明けられるまでは。

——いいなぁ、一回お邪魔してみたい。

平井の声が耳許《みみもと》で過《よぎ》った気がして、圭祐は息をついた。ネクタイを緩めながらリビングに向かい、電気をつけてカーテンを引く。

結婚は、もう懲《こ》り懲《ご》りだった。離婚してからというもの、かつてのように自由に遊び始めた圭祐だが、同業者には絶対に手を出さないと決めている。結婚という形で責任を取るつもりがなく、ただ遊びたいだけだから、拗《こじ》れると仕事に差し障りが出る可能性の高い同業者はお断りなのだ。

「……？」

上着を脱いでソファの背に放り投げた圭祐は、ファックス電話の留守電ランプが点滅しているのに気づき、手を止めた。ボタンを押すと、しばしの沈黙のあと、声が流れ出す。

『お母さんです。圭祐に相談したいことがあるので、電話しました。どうせ遅く帰ってくると思うけど、寝ないで待ってるから、今日中に折り返しかけてちょうだい』

ピーッと音が鳴り、再生が終わったことを告げるメッセージが流れる。結婚してからこっち、実家とのやり取りは殆どない。多分ろくな相談じゃないだろうとため息をつきつつ、圭祐は解いたネクタイを襟に引っかけたまま、実家に電話をかけた。

時刻は既に一時近かったが、すぐに回線が繋《つな》がる。

『椎名です』

「あ、理恵子《りえこ》？　俺、圭祐」

『なんだお兄ちゃん。久しぶりー』

四つ年下の妹の理恵子の声に、思わず苦笑してしまった。兄のかつての修羅場を知っている理恵子は、半年後に結婚を控えているのだ。明るい声は、いかにも毎日が幸せだと言外に滲《にじ》ませている。

圭祐に言わせれば、あの面倒極まりない離婚劇を間近で見ていてよく結婚する気になったなという感じだが、理恵子曰《いわ》く「私はお兄ちゃんとは違う」ということらしい。

手短に近況報告を交わしたあと、圭祐は切り出した。

「母さん、いる？　折り返しくれって留守電に入ってたんだけど」

『あー…。わかった。すぐ代わるね』

理恵子の意味深な声が気になったが、問いかけるより早く保留メロディに切り替わった。理恵子にも見当がついているらしいことから、おそらく『相談』の中身は理恵子の結婚のことだろうと推測して、圭祐はローテーブルに転がっていたソフトケースから煙草《たばこ》を一本抜き出して咥《くわ》える。

火をつけて最初の煙を吐き出したところで、母親の祥子《さちこ》が出てきた。

『圭祐、久しぶり。元気にしてる？』

「あぁ。そっちは」

『うちも別に。お父さんの血圧がさらに高くなったことくらいかしらねぇ』

のんびりした口調の祥子に、思わず噴き出しそうになる。よく言えば大らか、悪く言えば大雑把な性格の祥子だから、圭祐が離婚することになったと切り出したときも「まぁ、そういうこともあるわねぇ」で終わりだった。本当はいろいろと言いたいこともあったはずだとわかっているが、それで終わらせてくれた祥子には感謝している。

実家と電話で話をするのは、せいぜい三ヵ月に一度あるかないか。しばらくは適当に変わりばえのない近況報告を交わし、祥子が本題に入ったのは電話をかけてから五分ほどした頃だった。

『今日電話したのは、ちょっと圭祐にお願いしたいことがあるからなんだけど。……圭祐、お母さんの従姉妹《いとこ》の琳子《たまこ》おばちゃん憶《おぼ》えてる？』

「琳子おばちゃん？　……いや」

『そうよねぇ。圭祐が三歳頃に一度会ったきりだし』

「悪い、全然記憶にない。……その琳子おばちゃんっていうのが？」

『琳子ちゃんのところ、子どもがいるのよ。男の子と女の子でね、男の子は圭祐とひと回り離れてて、今十七歳なんだけど』

「……？」

どうやら『本題』とは理恵子の結婚についてではないらしいが、まったく話が見えない。

訝《いぶか》しげな声で応えつつ、圭祐は二本目の煙草に火をつける。

『でね、その男の子、あんたのところにしばらく置いてあげてほしいんだけど』

しかし、悠々と煙を吐き出した圭祐は、続く祥子の台詞《せりふ》に思いきり噎《む》せた。会ったことすら憶えていない『琳子おばちゃん』とやらの話から、こんなふうに展開するなんて思いもしなかった。

涙目で咳《せ》き込み、吸い始めたばかりの煙草を灰皿に押し潰《つぶ》しながら、圭祐は掠《かす》れた声で却下する。

「冗談はやめてくれよ。なんで俺が」

『あんたしか頼めそうにないのよ』

「そっちに置いときゃいいじゃねぇか」

『何言ってんの。理恵子が結婚控えてるでしょ、いくら高校生だからって、十七歳の男の子を預かるのはちょっと問題あるでしょ』

親戚《しんせき》とはいえ遠縁なんだから……とぼやいた祥子に、ふと疑問が頭を過る。遠縁——そう、遠縁。件《くだん》の男子高校生にはもっと身近な親戚がいそうなものだ。母親同士が従姉妹というだけの薄い縁で、居候するというのがわからない。

「その子、ほかに置いてくれるところないのか？　なんでうちなんだよ。ほかにあるだろ、両親の兄弟の家とか」

『……』

圭祐がもっともな疑問を口にすると、祥子はしばらく考える素振りを見せた。理に適《かな》わないことは絶対に引き受けないというつもりで、圭祐は祥子が何か話し出すまで黙ることにする。

観念したのか、長い沈黙のあと、祥子はようやく話し出した。

『琳子ちゃん、私の七つ下の従姉妹なのよ。小さい頃はたまに遊んでいたし、叔父さんが生きてる間は冠婚葬祭なんかでときどき顔を合わせてて。ただ、十年前に叔父さんが亡くなってからは付き合いもなくなってたけど』

「……それで」

『琳子ちゃんは二十年ほど前にお嫁入りしたんだけど、お相手が自営業の方でね。町工場を経営していて、下請けで部品かなんか作ってたらしいの』

「……」

二十年ほど。部品かなにか。アバウトすぎる言葉の数々が、祥子と琳子の付き合いの程度を嫌でも物語っている。胡散臭《うさんくさ》そうな声でいい加減に返事をしながら、圭祐は先を促《うなが》した。

「で？　経営が苦しくなったから、立て直す間に子ども預かってくれって？」

『……まぁ、それに近いんだけど』

言葉を濁した祥子だったが、圭祐に話すと決めた段階で腹を括《くく》ったらしく、勿体《もったい》ぶらずに説明した。

『会社員のあんたなら私よりよく知ってると思うけど、このご時世でしょ？　杉本《すぎもと》さん――琳子ちゃんの嫁ぎ先なんだけどね、受注が減って経営が厳しくなったらしくて』

「あぁ」

『七年ほど前からかしらねぇ、親戚にお金借りて回ってたらしいのよ。運転資金のほかにも従業員の方のお給料とかあるでしょう、かなり苦しかったみたいで。もう付き合いも途絶えてたのに、うちにも二年前に一度来たし』

「……ふぅん。知らなかった」

『あんたたちには言ってないもの。そのときはまぁ、無利子で五十万ほど貸したけど、正直返ってくるとは思えない感じでね。久しぶりに会った琳子ちゃんはそりゃあやつれてて、何度も頭を下げてて』

「……」

『今になってみりゃ、もっと注意してればよかったと思って後悔してるの。ただうちも……あれからいろいろあったでしょう。忙しくて、そうこうしてるうちに琳子ちゃんのことは気になりつつも連絡できないで』

そこでいったん言葉を区切り、祥子が黙り込む。

二年前といえば言わずと知れた、圭祐が離婚協議を進めていた時期だ。離婚が決まってからも細々とした問題の処理に追われ、ばたばたしていた。祥子が琳子に連絡しそびれていたというのも頷《うなず》ける。

結論を急ぎきらいのある圭祐だが、ここまで聞いた段階で、さすがに先を促す気はなかった。どうせ、ろくな結末じゃない。

『先月、連絡があってね。杉本さん、借金で首が回らなくなって、もう限界だったみたいでね、……先日亡くなったのよ』

「——…」

『深夜に火事が起きてねぇ、家族が寝起きしていた自宅と、その隣の小さな工場は全焼したって。一階の居間が火元だったらしいんだけど、杉本さんは煙草を吸わないし、盛夏でストーブなんかもまだ出してないし、普段火の気はないところらしくて。警察がね、杉本さんが一家心中を図って火をつけたんじゃないかって結論を出してね』

やっぱり、と目を閉じて、圭祐は深く息をついた。

仕事でたくさんの下請け業者と付き合いがあるから、だいたいは察することができる。小さな下請けの場合、メインの取引先が倒産したらそれで終わりだ。金策に駆けずり回り、返すあてもない借金を重ねて、やがてにっちもさっちもいかなくなる。

けれど、何も心中しなくても、と思わずにはいられなかった。破産して債務を整理し、一家で力をあわせて一からやり直そうとは思わなかったのだろうか。

自問しながらも、薄々はわかっていた。そんなふうに考えられるほどの余裕は既になく、冷静ではいられなくなっていたのだ。きっと。

『四人家族だったのよ。奥さんの琳子ちゃんと、あと長女の雛乃《ひなの》ちゃんは、杉本さんと一緒に亡くなって……長男の瑞《みずほ》くんだけ、一命を取り留めて』

半ば予想はしていたことだったが、はっきり言葉にして聞くとやはり滅入《めい》った。眉《まゆ》を寄せてうっすらと瞼《まぶた》を開き、圭祐はやりきれない気持ちで新しい煙草を咥える。

努めて淡々と喋《しゃべ》る祥子の口調に、彼女も消沈していることが伝わってきた。琳子の窮状をある程度知っていた祥子が受けた衝撃は、遠縁とはいえ杉本家を知らない圭祐の比ではないだろう。

いちばん肝心なことを口にしたことで少し気が楽になったらしく、祥子はいつもの口調に戻った。

『親戚からお金を借りてたでしょ？　血縁が近い方から借りていって、そのうち借りられなくなって……返せないんだから当たり前かもしれないけど、うちみたいな遠縁にまで借金の申し込みに回って。結局、サラ金だけじゃなくて闇金《やみきん》にも手をつけたらしくて、最後はもうどうにもならない状況だったと思うの』

「……借金は？」

『夫婦で連帯保証人になってたし、杉本さんと琳子ちゃんが亡くなった時点で、身内の誰かが債権を被《かぶ》せられることはないみたい。ただ、銀行ローンや商工ローンも組んでいて整理が大変だったらしくてね。その辺は、杉本さんのお兄さんが弁護士さんにツテがあって、いろいろ整理してくれたみたいだけど』

「……」

『そのお兄さんをはじめ杉本さんの兄弟も、あと琳子ちゃんの兄弟も、そこそこ大きな金額を貸したままでね。身も蓋《ふた》もない言い方だけど踏み倒されたのと同じ状態なわけだし、整理が大変だったこともあってみんなカンカンで、瑞くんの引き取り先を相談するとき、絶対に無理だって拒否したのよ。もちろん理由はそうじゃなくて、家のローンがあるとか子どもがいちばんお金かかる時期だとか、それぞれそれっぽいこと言ってたけど』

「……で、うちか」

『そう。ほら、うちはもう家のローンも終わってるし、あんたたちも就職してるし』

説明を聞きながら、なんとなく想像できる。楽天家で、なおかつ人情派の祥子のことだ、親戚中から煙たがられている十七歳の少年の身を案じ、うちで引き取ると言い出したのではないだろうか。

しかし——正直なところ、それでなぜ自分にお鉢が回ってくるのかは納得できなかった。瑞の状況には同情するし、大変だということもわかる。しかし、今まで一度も会ったことのないはとこの面倒をみると快諾するのは難しい。

難色を示している圭祐に、祥子はとりなすように言った。

『なにもね、あんたのところに一生置いてちょうだいって言うんじゃないのよ。理恵ちゃんの結婚が来年の二月末でしょ、それまでの間でいいのよ』

「……理恵子の相手——雅志《まさし》くんだっけ、それが嫌がってるわけ？」

『雅志くんには何も言ってないわよ。ただ常識で考えて、自分のお嫁さんになる女の子の家に、血縁とはいえ若い男の子が同居してたらいい気はしないでしょ。別にいいじゃないの、あんたのところ、どうせ部屋が余ってるんだから』

「……」

『とにかく一度、瑞くんに会ってみてちょうだい。すごくいい子だから。それから決めたって遅くないじゃない？　会えば絶対、気に入るから』

そんな単純なものではないだろうと突っ込みたかったが、圭祐は根性で飲み込んだ。今の祥子に反論しても無駄だ。突然のことで自分も動揺しているし、冷静に話し合いができるとは思えない。

とりあえず、その子に会ってみるしかない。会って——会った上でやっぱり無理そうだと断るのが得策だ。理恵子の婚約者である雅志にはまだ話していない段階らしいから、どうしても無理だと圭祐が言えば、実家に身を寄せることになるだろう。

「……わかった。俺、土曜も休出だから。日曜しか空いてないけど」

嫌だと言外に精一杯滲ませてそう言ったが、祥子はそれで構わないと言って電話を切ってしまう。

「……」

＊

電話を切った瞬間、どっと疲れが襲いかかってきて、圭祐は頭を抱えてしまったのだった。

日曜日は、気持ちいいほどの晴天だった。

年下とはいえ、一応初対面の相手と会うのでスーツ姿でマンションを出た圭祐は、祥子に指定された駅に向かう。

「……」

ちらりと腕時計を眺めて、欠伸《あくび》を一つ。——昨日はスポンサーとの飲み会だったので、帰りは午前二時だった。祥子が待ち合わせ時間を午前十一時に設定したものだから、眠くてたまらない。

自分から言い出したくせに遅れている祥子に苛々《いらいら》しながら、圭祐は壁に凭れかかって目を閉じる。

これから向かう先は、病院だった。瑞は現在どこに身を寄せているのだろうと疑問だったのだが、入院していると聞いて納得した。

深夜の火災、火元は一階。瑞は二階で寝ていて、異変に気づいて目が覚めたときはもう火の海で、階段を下りられなかったらしい。自室の窓から飛び降りたせいで、火傷《やけど》を負った上に脚を骨折したとのことだった。

白宅と工場は、杉本の兄が件の弁護士を通じて手続きを取り、更地にしたと聞いた。現在は管財人の手により競売にかけられているが、いわくつきなだけになかなか買い手もつかず、そのままになっているそうだ。

それにしても、隣近所に被害が及ばなかったのが唯一の救いだ。放火や火の不始末などではなく、もしも心中というのが正しいのなら、一歩間違えれば周囲に多大な迷惑がかかる手段をどうして選んだのか謎《なぞ》でたまらない。人間、追い詰められていると正常な判断ができなくなるということなのだろうか。

「……」

憂鬱《ゆううつ》な顔でため息をつき、圭祐は心持ちネクタイを緩めた。

多額の借金を背負った末、一家心中を図った両親、たった一人生き残った息子。過去にはこだわらないというのが圭祐の持論だったが、暗い人間は苦手なのだ。そんな重いものを背負っているなら、絶対にどんよりした雰囲気を纏《まと》っているに決まってる。同居したところで、うまくいくとは到底思えないというのが本音だった。

いかにして断る方向に持っていこうかと考えていると、ようやく祥子が現れる。

「ごめんねぇ、ちょっと遅れて」

「……なに、その荷物」

「着替え。瑞くん、身一つで病院に運ばれたもんだから何もなくて。あんたの昔の服がなかったか探してたら、遅くなっちゃった」

あっけらかんと言った祥子が手にした紙袋を覗《のぞ》き込めば、見覚えのある服が見えた。高校生の頃から流行に敏感だった圭祐が、当時バイト代をはたいて買った流行最先端の――今は時代遅れも甚だしい服の数々に、軽く眩暈《めまい》がする。

二人で乗り込んだタクシーの中で、圭祐はため息混じりに切り出した。

「その子、今高校生だろ？　俺の部屋に居候して、学校どうすんの」

言外に「無理じゃないの？」と匂《にお》わせてみたのだが、敵もさるもの、あっさりと首を振る。

「それなんだけどね、高校は一年生のときに中退してるのよ。学費が払えなくなったから」

「……」

「妹の雛乃ちゃんは中学で、まだ義務教育中だったから通学してたそうなんだけど。瑞くんは高校を中退したあと、アルバイトして家計を助けていたって。朝は新聞配達、昼は運送会社で荷物の仕分け、夜は近所の食堂で皿洗い」

壮絶な話に、早くも頭が痛くなってきた。未成年、家族なし、身分なし、着替えなし――文字通り、本当に何もない。どのみち断るつもりだからいいが、話をするときは上手に流れを作らなくては。この状況で断るというのは、どう考えても鬼だ。

病院に到着したタクシーから降り、圭祐は祥子に連れられて外科の入院病棟に向かった。ナースステーションを通り過ぎて廊下を進んだ祥子は、一つのドアの前で立ち止まり、声を潜める。

「いい、優しくするのよ。向こうはいろいろ大変で、傷ついてるんだから」

「……わかってるよ」

「あんたよりずいぶん年下なんだからね。優しく、優しーく」

ひそひそ声で何度も念を押し、やがて祥子はドアに手を伸ばす。カラフルな黄色のドアに取りつけられた銀色の棒を握り締め、するすると横に引けば、中は六人部屋だった。

「……」

病気知らずなので、独特の匂いに既に気が重くなっている。ところどころカーテンが引かれているから、あまりきょろきょろするのも悪いと思い、圭祐は心持ち俯《うつむ》きながら祥子と一緒に奥に向かった。

向かって右側、窓際のベッドに近寄り、祥子は閉じられたカーテン越しに声をかける。

「瑞くん？　椎名です」

「あっすみません、どうぞ」

薄い布越しに聞こえた声は、多少掠れているものの、決して弱々しくはなかった。無意識のうちに姿勢を正した圭祐の横で、祥子はまずカーテンを少し引いて中を覗き込み、それから大きく開ける。

持っている雑誌を閉じて顔を上げた少年に、圭祐は無言で対峙《たいじ》した。

「……」

綺麗《きれい》な顔立ちをしている。眉も鼻梁《びりょう》も顎《あご》も細く、黒目がちの瞳だけが大きく目立っていた。

借金地獄に陥った両親が一家心中を図り一人だけ生き残ったという話から、なんとなく儚《はかな》げで薄幸そうな面立ちを予想していたが、そうではない。愛嬌《あいきょう》のある目が印象的で、年相応の若々しさや瑞々《みずみず》しさが感じられる。

こちらを見つめる瞳は人懐っこそうで、仔犬《こいぬ》のような雰囲気だった。

「瑞くん、こんにちは。具合はどう？」

「こんにちは。大丈夫、元気です。わざわざ来てくださってありがとうございます」

瑞はきちんと礼を述べて頭を下げ、祥子に向かって笑いかける。もっと悲愴《ひそう》なムードが漂っているかと思っていた圭祐は、ちょっと拍子抜けした気分だった。屈託のない笑顔を見ていると、本当にこの子がそうなのかと聞きたくなる。

ただ、にこやかに祥子と話している瑞が間違いなく過酷な状況下に置かれた少年だという証拠はあった。火災から逃げるときに負った火傷だろう、あどけない頬には大きなガーゼが貼《は》られ、パジャマの袖口《そでぐち》から覗く手首にも包帯が巻かれていて痛々しい。何より、ギプスのせいで毛布が不自然に盛り上がっている。

「あ、そうそう。瑞くん、この前話したでしょ？　これがうちの息子」

唐突に振られて、ベッド脇《わき》に立て掛けられた松葉杖《まつばづえ》を眺めていた圭祐は、慌《あわ》てて顔を上げた。こちらを見た瑞とばっちり視線が合う。

もともと大きな目を見開いて圭祐を見つめた瑞は、すぐに照れたような顔をして、指で髪

を梳《す》いた。スーツにネクタイ姿でびしっと決めている圭祐を見て、パジャマ姿の自分が恥ずかしくなったらしい。寝癖のついた柔らかそうな髪を撫《な》でつけるようにして、瑞はぺこっと頭を下げる。

「はじめまして。杉本瑞です」

「……椎名圭祐です」

「すみません、こんな恰好《かっこう》で」

十七という年齢にそぐわない挨拶《あいさつ》をした瑞は、眩《まぶ》しそうな目で圭祐を見上げたあと、もう一度、今度は深々と頭を下げた。

「このたびは本当にありがとうございます。なんてお礼を言ったらいいか」

その言葉に耳を疑い、圭祐は慌てて声を上げる。

「え？　ちょっ——」

「なるべく迷惑をかけないように気をつけますので、どうかよろしくお願いします。祥子おばさんから、圭祐……さんが僕を置くことに同意してくれたと聞いたときは、本当にほっとしたんです。どうもありがとうございます」

「……!?」

ぎょっとして祥子を見ると、ふいっと視線を逸《そ》らされた。窮屈な体勢で頭を下げたままの瑞と、素知らぬ顔でそっぽを向いている祥子を交互に眺め、圭祐はわなわなと拳《こぶし》を震わせる。

――嵌《は》められた……。

何が「とりあえず会ってみて、それから決めて」だ。既に話がついていたらしいことを知り、圭祐は急いで瑞の肩に手を添えて、顔を上げさせた。断るのだから、頭を下げられる謂《いわ》れはない。

「ごめん。悪いんだけど、俺は……」

しかし、言いかけた圭祐は瑞が顔を上げた拍子に滑り落ちた雑誌に水を差され、内心で舌打ちした。屈《かが》んで拾い上げ、瑞に手渡そうとして、ぴたりと動きを止める。

オヤジ向けの低俗誌の表紙を唖然《あぜん》と眺め、年若い少年がなんでこんなものを読んでいるんだと思ったところで、同じく雑誌に驚いたらしい祥子が口を開いた。

「瑞くん、これ……？」

「あ、中島《なかじま》さん――隣の方が貸してくださったんです。退屈しないようにって」

「そ、そう。よかったわね」

カーテンが閉まっている隣のベッドを見ながら言った瑞に頷いて、祥子は申し訳なさそうに言った。

「ごめんねぇ、気が回らなくて。何か読むものも買ってくればよかったわねぇ」

「いえ！　気にしないでください、祥子おばさんにはとてもよくしてもらって……このパジャマも買ってもらったものだし、充分です」

ストライプのパジャマの袖口を引っ張って、しきりに恐縮しながら言った瑞に、祥子は思い出したようにはっとした。呆然《ぼうぜん》としたまま突っ立っている圭祐の手から紙袋を引ったくり、中の服を次々に毛布の上に並べていく。

「そうだ瑞くん、これ持ってきたの。着替えにどうかしらと思って」

「えっ。すみません、何から何まで。でも……」

「遠慮することないのよ、うちの押し入れに眠ってた服だから。圭祐が高校生の頃着てたやつでね、大学進学して下宿するとき持ってってくれたらいいものを、そのまま家に置いてったものなのよ。新しいのを何枚か買おうと思ったんだけど、おばさん若い男の子の趣味とかよくわからないしねぇ？　瑞くんが退院してから、好きなもの買った方がいいかと思って、とりあえず」

「ありがとう……ございます」

「圭祐のお古でごめんねぇ、サイズが合えばいいんだけど……。しばらくはこれで我慢して？」

スウェットのトレーナーを瑞の肩に当てている祥子に戸惑いながら、瑞は圭祐を見上げると、感激したように言った。

「すみません、実は服が一枚もない状態なので、とても助かります。お借りしていいですか？」

「え？　あ、あぁ……それはいいんだけど」

「本当に、ありがとうございます。置いてもらえるだけでもありがたいのに、こんなによくしてもらって」

頬を紅潮させ、祥子から受け取ったトレーナーを抱き締めて、瑞は何度も頭を下げる。

「自分がどういう立場なのか、よくわかってます。正直、どこも引き取ってくれないだろうと覚悟してました。退院したら、未成年でも住み込みで雇ってくれるところを探そうとしてたんです」

「いや、……」

「こんな僕でも居候することを許してもらえて、とても感謝してます。僕にできることがあったら、何でもします。このご恩は一生忘れません」

「――……」

切々と謝辞を尽くす瑞の小さな頭を見ているうち、圭祐は何も言えなくなってしまった。困り果てた顔で祥子をちらりと見たが、相変わらずさっと視線を逸らされてしまう。

居心地が悪くて視線を彷徨《さまよ》わせれば、散らかった毛布の上が視界に映った。

ヘアヌードも満載されている中年男性向けの週刊誌は、独りぼっちになってしまった少年のせめてもの暇つぶしになればと、隣のベッドの患者が貸したもの。流行遅れの洋服は、着の身着のままで家を焼け出された少年の当面の着替え。

十七といえば、遊びたい盛りだろう。それなのに読みたい雑誌も買えず、ろくにお洒落《しゃれ》もできない瑞を前にして、圭祐は苦い顔で黙り込むしかなかった。こんなに礼を言われて、きらきらした目で見つめられ、今さら来るなと言える奴がいたらお目にかかりたい。

——長く、深いため息のあと、観念した圭祐は渋々口を開いた。

「……じゃ、退院するとき教えて。ひと部屋空けて貸すから」

「そんな……、部屋なんていいです。寝る場所だけあれば」

「そんなわけにはいかないから。とにかく日程が決まったら教えて」

もともと断るつもりだったので、こうも手放しに感謝されると面映《おもは》ゆい。切り口上で話を終わらせ、圭祐は散らばった服を適当に丸めて紙袋に突っ込む。

「圭祐、ちょっと無愛想な子なんだけど、気にしないでねぇ。部屋だってちゃんと用意させるから。一人暮らしのくせに贅沢なマンションに住んでるのよ、遠慮することなんか何もないからね」

真面目《まじめ》な顔の瑞に調子のいいことを喋りかけている祥子を睨《にら》んだが、鉄面皮《てつめんぴ》に平然と跳ね返されてしまう。もう何もかもどうでもいいような気になってしまい、圭祐はぐったりと病院の天井を見上げたのだった。

＊

一週間後の日曜日、瑞が退院した。エントランスまで迎えに出た圭祐は、祥子がタクシーから降りてくるのをぼんやりと眺める。

気儘《きまま》な一人暮らしとも、しばらくはお別れだ。——来年の二月まで半年間だけの辛抱だと自分に言い聞かせ、圭祐は祥子の手から二つの紙袋を受け取る。

瑞は祥子に手伝われながら、ぎこちない動きでタクシーから降りてきた。松葉杖をつき、圭祐に頭を下げる。

「お世話になります。どうかよろしくお願いします」

「……こっち来て」

「はい」

我ながら無愛想で嫌な態度だと思ったが、瑞は気にしたふうでもなくついてきた。まだあまり松葉杖を使うことに慣れていないのか、動きが遅い。

三人でエレベーターに乗り、圭祐は紙袋を見下ろして、祥子に言った。

「荷物、これだけ？」

「そうよ。ここに来る途中で着替えを買おうかと思ったんだけど、脚にまだギプスがついてるでしょう、試着できないし諦《あきら》めたのよ。ギプスが取れたらジーパンとか買ってあげてちょうだい」

「……」

瑞の下半身に視線を落とせば、見覚えのあるジャージを穿《は》いていた。圭祐の高校時代の体操服だ。余った裾《すそ》を折り返して穿いているので、ださ極まりない。

圭祐は高校生当時、既に身長が一八〇に届こうかというほどだった。一七〇ちょっとの瑞には大きいのだろう。身長だけではなく、しっかりとした恵まれた体格の圭祐に比べ、瑞はとても痩《や》せている。育ち盛りに食費を切り詰めていたせいかもしれない。

サイズに余裕があるので、ギプスを嵌めた脚でも問題なく穿けたようだ。ただし、脚がすっぽり入る代わりに、瑞はエレベーターの中で何度も、ずりおちてくるウェストを引っ張り上げていた。

部屋に到着し、玄関で松葉杖の底のゴムを雑巾《ぞうきん》で拭《ふ》かせる。「お邪魔します」と上がり込んだ瑞は、圭祐にリビングに案内されると、興味深げに周囲を見回しながら感嘆の吐息を零《こぼ》した。

「すごい……。素敵なとこですね」

黒とガラスを基調に差し色にベージュを加えた、全体的にシンプルにまとめた部屋を見て、

「……瑞」

瑞は目を輝かせている。エアコンのスイッチを入れ、圭祐は瑞を手招きした。

「はい」

名字で呼ぶべきだろうか、「瑞くん」と敬称をつけるべきか、それとも年下の同居人にはもう少しフランクな方がいいだろうか……と、迷った末に名前を呼び捨てにしたが、瑞は構わないらしく素直に頷いた。松葉杖をつきながらゆっくり歩く瑞に歩調を合わせ、圭祐はリビングから廊下に出る。

「ここが瑞の部屋」

ドアを開け、六畳ほどの洋室を示すと、瑞はぎょっとしたように首を振った。

「いいです、自分の部屋なんて――」

「気にしないでいい。あまり使ってない部屋だし、もう準備もしたから」

昨日、高校時代に使っていて実家の部屋に置きっぱなしにしていた生活用具を、ある程度運んでおいたのだ。組み立て式のパイプベッドと小さなカラーボックスくらいしかないが、荷物の少ない瑞にはこれで当分間に合うだろう。

「その細長い扉が、作りつけのロッカー。中に突っ張り棒を渡しといたから、ジャケット類はそれに掛けて。悪いけど、下に掃除機が入ってる。それは我慢して」

「は、はい」

「この部屋と、あとリビングは好きに使ってくれていいから。廊下を出て右が俺のベッドルームで、左が書斎。その二つは立ち入り禁止」

「はい」

大人しく頷いている瑞に説明していると、あちこち覗いていたらしい祥子がやってきた。祥子がこの部屋に上がるのは初めてではないが、当時は妻がいたからリビングしか知らないのだ。離婚してからは一度も来ていなかったので、興味深く見て回っていたらしい。

「瑞くん、よかったわねぇ！　バリアフリーになってるみたいよ、トイレもバスルームも手すりがついてるし」

俺のプライバシーはどこへ……とうんざりした顔で祥子を見やり、圭祐はため息をついた。瑞と同居するにあたって、椎名の実家から月に四万円、瑞の生活費として圭祐の口座に振り込まれる約束になっている。圭祐はその中の三万円でやり繰りし、一万円を瑞に小遣いとして渡すようにと言われていた。

圭祐の父親は既に定年退職しているし、祥子も専業主婦だが、現役時代の父親の稼ぎがよかったせいで、生活にはわりと余裕がある。祥子が瑞を引き取ると言ったのも、経済的な苦労はさほどないことが大きな要因だっただろう。

また圭祐も、瑞と同居すると決まった段階で、ある程度の準備はしていた。病院で会ったときはいい子に見えたが、十七歳というのはいちばん好奇心が強い年代でもあり、アルバイト代を片っ端から遊興費に充てていた自分の当時を鑑《かんが》みると、不安が残る。書斎と寝室は立ち入り禁止だと念を押したが、もしもこっそり入られても大丈夫なように、通帳や現金などは鍵のかかる引き出しにしまい、パソコンにもロックをかけた。以前は妻が使っていた六畳間も掃除して、物置同然になっていた室内を使えるようにしておいた。

「あっ、圭祐、今何時？」

唐突に祥子が尋ねたのに、マイペースな母親に慣れている圭祐は無表情で腕時計を眺める。

「三時をちょっと回ったところ」

「いっけない。今日、四時に理恵ちゃんと待ち合わせしてるのよ。台所用品を一緒に見に行く約束をしてて」

慌てたように言った祥子に、圭祐はあっさり頷いた。

「わかった、じゃあこの辺で。瑞、ほかに聞いとくことある？」

「いいえ。おばさん、いろいろありがとうございました」

「いいえ〜。瑞くん、圭祐に嫌なところがあったらすぐに言うのよ。ちょっと自分勝手なところがある子だから。いつでもおばさんに言ってちょうだい」

「もういいだろおふくろ、早く行ったら」

当の本人を目の前にしてもはっきり言った祥子に辟易《へきえき》して、圭祐は追い立てるように玄関に連れて行く。まだ心配そうな祥子に大丈夫だからと頷いて見送ると、マンションには圭祐と瑞の二人だけが残された。

「……とりあえず、リビング行くか」

「はい」

大人しくついてきた瑞をキッチンに招き入れ、冷蔵庫や食器のありかを簡単に説明すると、圭祐はポットの湯で二人分のインスタントコーヒーを作り、ダイニングテーブルに向かう。

結婚したときに買い、当時はそれなりに使っていたが、今は完全なインテリアと化している代物だ。この椅子《いす》に座るのも久しぶりだと思いながら、圭祐は以前定位置だった場所に腰掛け、瑞に向かいに座るよう促した。

「これから、簡単にルール作るから」

神妙な顔で頷く瑞に、圭祐は彼を引き取ることになってから考えていたことを、淡々と述べ始める。

「今は脚がそれだから、ほぼ一日中この部屋にいることになると思う。さっき言った俺の書斎と寝室以外は、どこにいても何を使っても構わない」

「大丈夫です。あちこち弄《いじ》らないし、勝手なことはしません」

真面目に答えた瑞にしばし口を噤《つぐ》み、一度だけ目を閉じて頭の中を整理して——圭祐はわかりやすいようにはっきりと言うことにした。

「言い方が悪かった。何を使っても構わないんじゃなくて、何でも自由に使っていい代わりに、自分のことは自分でやってくれってこと」

「はい……。……？」

「洗濯機も乾燥機も好きなときに使っていい。自分の服は、それで洗濯して。洗濯機の傍《そば》にある籠《かご》には俺の洗濯物を入れてあるけど、それは別に洗わなくていい。自分のことだけやってくれれば」

「……わかりました」

「冷蔵庫も、好きに使っていい。菓子類やカップラーメンなんかを買ったときも、キッチンの棚に適当にしまってくれて構わない。俺は自分の買ってきたもの以外は手をつけないから。食器も、気に入ったものを使えばいい。その代わり、自分で使った食器は自分で洗うこと」

「はい」

「掃除機が、瑞の部屋のロッカーにあっただろ？　それで、自分の部屋は掃除して。ここと か書斎とかは俺がやるから、自分の部屋だけで構わない」

説明していた圭祐は、瑞が僅《わず》かに身を乗り出したのに言葉を切った。瑞は大きな目で圭祐をじっと見つめながら、急《せ》き込んで言う。

「やります、掃除。洗濯だって、洗い物だって……置いてもらってるんだし、せめて家事はやらせてください。圭祐さんが仕事行ってる間に、邪魔にならないようにやります」

どこか必死さが滲む眼差《まなざ》しに、圭祐は所在なげに襟足をさすった。頭の中で言葉をきちんと整理してから、ゆっくりと首を振る。

「いい。気を遣う必要はないって、おふくろにも言われただろ」

「でも――」

「俺、一人暮らしが長いんだ。実家は都内だけど、大学に上がってすぐに下宿したし。自分の身の回りのことはできるし、不自由してない」

「……」

「逆にいえば、もう自分のペースができてしまってるんだ。これを崩すつもりはないから、瑞も自由にやる代わりに、俺も今までどおり自由にやることにしたい。そもそも仕事の時間が不規則な方だし、家事分担のルールを作ると俺が絶対に守れなくなる。結局面倒なことになるのは目に見えてるから」

落ち着いた口調で理路整然と話すと、瑞はしばし黙っていたが、やがて小さく頷いた。

「……わかりました」

「よかった」

ここで初めて、圭祐は口許《くちもと》に微《かす》かな笑みを浮かべた。初めて笑顔らしきものを見た瑞が目を瞠《みは》ったのに気づき、すぐに表情を引き締める。

あまり使っていないせいで傷一つないテーブルの上に、圭祐は用意しておいた四万円を置き、瑞の方に滑らせた。

「……？」

「おふくろから聞いてるだろ？　瑞の小遣いとして一万、生活費として三万、合計四万が椎名の家から毎月俺の口座に振り込まれる。だけど、お互い自由にやることにするなら、俺が預かってても無駄だから。これはそのまま、瑞に渡すよ」

そう言うと、瑞は慌てたように四万円を圭祐の方に押し返す。

「多いです。おばさんからいただく生活費には、水道代や光熱費も入ってるはずだから、全部は——」

「いいんだ。そんなものは、俺一人でも瑞と二人でも、そうそう変わるもんじゃないし。この月々の四万は、瑞が好きなように使ったらいい。食費を抑えてその分小遣いに回してもいいし、逆に、小遣い減らして弁当なんかの出来合いのもんばかりで食事を済ませてもいいし。自由に、好きなように配分して」

足りないときは俺に言え、という台詞で締め括り、圭祐は瑞の目を見つめた。黒目がちの瞳は綺麗に澄んでいて、賢そうな印象を受けた。この子ならきっと、計画性なく浪費するようなことはせず、きちんと毎月四万円でやり繰りできると思えた。

顔のつくりはどちらかといえば童顔なのに、全体的に落ち着いている印象を受けるのは、この理性的な瞳のせいだろう。性格も大人しく、従順で、礼儀正しい。けれど、清濁併《あわ》せ呑《の》むいい歳《とし》をした大人の圭祐には、この潔癖さがどうも歯痒《はがゆ》い。ちょっと話をしただけで、なんとなく馬が合わなさそうだなと思ってしまった。

「何か質問ある？」

尋ねると、瑞は少し目を伏せて考え込んでいたが、やがて首を振る。

本当に質問がなかったのか、それとも切り口上で喋る年上の家主に萎縮《いしゅく》してしまい、質問ができなかったのか。どちらなのか圭祐にはわからなかったが、あえて重ねて聞いてやることはしなかった。

未成年とはいえ、十七歳だ。自我もできているし、自分なりに考えてある程度は行動できるはず。わからないことがあとから出てきたら、そのとき質問してくるだろう。

「じゃあ、とりあえずはこれで終わり」

圭祐が切り上げると、瑞が小さく頷く。

そして、瑞は顔を上げて圭祐の目を正面から見つめ――。

「よろしくお願いします」

十七歳の少年らしからぬ大人びた顔で、丁寧に頭を下げたのだった。

*

下請けのプロダクションから上がってきた書類を眺めていた圭祐は、ふと一枚の写真の前で手を止める。

年の頃は、十代後半――瑞とよく似た雰囲気の少年は、珍しくカメラ目線ではなかった。

おそらく、これが本人がいちばんよく見える角度なのだろうが、自分を選んでくれとばかりに目線をこちらに向けて魅力をアピールする少年たちの中では、確かに異彩を放っている。

「……」

トン、とボールペンの先でデスクを軽く叩《たた》き、圭祐は椅子の背に凭れかかると天井を見上げた。目を閉じて、今頃マンションの部屋にいるだろうはとこの容姿を思い浮かべる。

今朝、圭祐が起きたとき、瑞は既に身支度を整えていた。十年以上前の圭祐のシャツを着て、退院したときと同じジャージのズボンを穿き、明るい笑顔で「おはようございます」と挨拶してきた。

そして、洗面所から出てきた圭祐が見たものは、ダイニングテーブルに並べられた朝食だった。

フレックス制度のために起きる時間は早くても九時だし、前日も飲んでいることが多く、朝はあまり強くない。普段の圭祐は朝食をとらないので、瑞のこの行動には参った。目玉焼きとトーストという軽食すら持て余し気味にしながら何とか胃に収めつつ、圭祐は切々と、いつも朝食はとっていないから用意する必要はないと話した。

瑞は頷いたが、少し落胆しているのは見て取れた。

そもそも、料理をまったくしない圭祐のマンションの冷蔵庫には、水や缶ビールぐらいしか入っていない。パンや卵をどこから調達したのかと聞けば、瑞は素直に、早朝に近所の地理を把握しようとマンションの周辺を少し歩き、近くにスーパーがあるのを発見したので九時過ぎに買い物に出たと告げた。松葉杖で道も詳しくない場所をうろついたというのには、驚きを通り越して呆《あき》れてしまった。

キッチンにジャーがあったことから、瑞は自分の食事を自炊することに決めたらしい。結婚当初にお義理で買ったきり、まともに使っていないジャーだったが、瑞に言わせると充分使えそうとのことだった。どうせ作るなら一人分も二人分もさほど変わらないので、圭祐の分の食事も用意したということなのだろう。

「――…」

一万円も小遣いはいらないし、自炊するから食費ももっと少なくていいと、瑞は二万円ほど圭祐に返そうとした。そのときの顔を思い出し、圭祐はうっすらと瞼を開けると、天井に向かって深いため息を吐き出す。

シンプルな家具でまとめた、スタイリッシュなデザイナーズマンション。職業柄、音楽を聴く機会が多いので、オーディオには金をかけた。仕事でもプライベートでも常に流行を意識する圭祐にしてみれば、自分の美意識で作り上げた自分だけの城の中に、身なりに頓着《とんちゃく》しない瑞が居候していることが不快なのだ。余った金でもう少しまともな服を買えと言った圭祐に、瑞は少し考えたあと、脚のギプスが取れたら買い物に行きますと小声で返事をした。

「椎名」

物思いに耽《ふけ》っていた圭祐は、背後から肩を叩かれて、顔だけを捻《ね》じ曲げる。視界に入ったのは、同期の青山《あおやま》だった。

青山の登場に、圭祐の向かいに座っている桑原《くわはら》が人の悪い笑みを浮かべる。

「椎名さん、合コン請負人が来ましたよ」

「なんだよそれ。お前、最近ちょっと生意気だぞ。昔は青山さん青山さんって俺に懐いてたくせに、圭祐のチーム入るようになってから素っ気なくてさ」

「嫉妬《しっと》しないでくださいよー」

「ばーか、嫉妬じゃねぇよ」

以前は主任と新入社員という師弟関係だった二人の会話に、圭祐は思わず笑った。桑原は圭祐や青山よりも二期後輩の女性社員なのだが、さばさばしていて付き合いやすい。

「今晩あいてる？」

「今晩……何？」

「合コン。CAと」

案の定の台詞に桑原が噴き出し、圭祐も苦笑してしまった。

圭祐の隣の椅子を引いて逆向きに腰掛け、青山は顔を顰《しか》める。

「椎名が来ると、全部持ってかれるからなー…。本音を言やあ誘いたくないんだけど、一人来られなくなっちゃってさ」

「よく言うよ。この前モデルお持ち帰りしたって聞いたぞ」

「それガセだよ。誰がモデルなんかに手を出すかよ、おっそろしい。お前じゃあるまいし」

「俺だって同業は守備範囲外」

馬鹿馬鹿しい応酬を繰り広げ、二人で顔を見合わせて噴き出す。圭祐の手から写真を抜き取って眺めながら、青山は気のない声で言った。

「どうする？」

「んー。俺、実は今……」

ひと回り年下のはとこを預かっていると言いかけて、圭祐は口を噤む。

瑞と二人で向かい合って夕食をとることを考えると、気が重い。瑞自身は明るく振る舞っているし、今どきの十代らしからぬ素直な子だとわかっているが、問題はそこじゃない。今まで自由気儘に一人暮らしを満喫していたのに、他人が一人やってきたことが面倒なのだ。

瑞の全身からは、常に「置いてくれてありがとう」というオーラが滲み出ていて、こちらに遠慮しているのが丸わかりだ。一緒に生活していると寛《くつろ》いだ気分になれない。向こうから話題を振ってくることはあまりなく、かといって圭祐もジェネレーションギャップを意識して話しかけづらくて、持て余しているというのが正直なところだった。

しばし考え、圭祐は口を開く。

「いいよ。面子《メンツ》に入れといて」

「オッケー。じゃ、七時からな。出られる？」

「あぁ」

頷くと、青山は椅子から立ち上がった。写真を圭祐に返し、あっさりとした口調で言う。

「この子、駄目だな。なんか雰囲気が暗い」

「まぁな」

「じっくり見てりゃよさげだけど、十五秒だと無理だ。やっぱ目に力がないと。……タレントより役者の方がいいんじゃないか。ま、主役は張れないだろうけど、脇なら使えるかも」

的確ではあるが辛辣《しんらつ》なコメントを残し、青山は自分のブースに戻っていく。その背中を見送ったあと、再び写真に視線を落とし、圭祐は肩を竦《すく》めた。

青山の言うとおりだ。しばらく見ていればじわじわと良さが出てくるタイプかもしれないが、インパクトが要求される場面では使えない。

もともと結論を急ぐきらいのある圭祐だが、広告代理店に就職してからは、いっそうそれが顕著になった。重要なのは第一印象だ。気長に付き合う根性も時間も、今の自分にはないとわかっている。

圭祐自体が、厳しい業界で結果を求められ続けてきた。苦労して下積みを経てきた生え抜きの社員が転職組にあっさりポストを奪われる、まさに実力主義の世界である。一瞬たりとも気が抜けない。過程は誰も評価してくれない。結果だけがすべてなのだ。

実力だけではなく、運も必要だ。制作に必要なセンスやアイディアだけでは生き残れない。

周囲の状況を見極め、時流に乗る決断力と行動力も必要とされる。

入社してから七年間、常に前だけを見て走ってきたのは、圭祐だけではない。同期の青山も、先輩の柏田も、後輩の桑原も。みんな、いつか自分にチャンスが回ってきたときに一発で結果を出せるように準備しながら、虎視眈々《こしたんたん》と上を狙《ねら》っている。

「……」

携帯電話を開き、自分のマンションの電話番号を呼び出して——圭祐は逡巡《しゅんじゅん》ののち、そのまま畳んでしまった。

瑞には、お互い自由にやろうと言ってあるのだから、帰りが遅くなるといちいち連絡を入れることもないだろう。人生経験が彼をそうさせたのか、挨拶もきちんとできるし大人びている。同居人が帰ってこなくても、一人で適当に食事をし、先に寝るに違いない。

なるべく馴《な》れ合いたくないという思いから、努めて距離を置こうと自分に言い訳しているのには気づいていたが、これ以上考えるのも面倒だった。携帯電話をポケットに突っ込み、圭祐はそれきり瑞のことを頭の中から追いやると、熱心に書類を捲《めく》り始めたのだった。


仕事を早めに終わらせて、青山をはじめとする三人の同僚と夜の街に繰り出し、キャビンアテンダントの女の子たちと食事をすること二時間。向こうにとっても、業界で名の通った広告代理店社員との合コンは魅力的だったらしく、三次会までついてきた。気に入った子と携帯番号を交換し、アルコール許容量ぎりぎりまで飲んで圭祐が帰路についたのは、既に深夜二時を回った頃だ。

エレベーターの壁に凭れかかって欠伸を嚙《か》み殺し、ポストから取ってきた郵便物を眺める。今日は全部DMだったので、無造作に束ねて片手で持ち、圭祐は到着したエレベーターから降りると自分の部屋に向かった。

鍵を外し、ドアを開けて——玄関の灯りがついていることに一瞬違和感を覚え、そういえば居候がいたんだったと酔った頭でぼんやりと思い出す。

「お帰りなさい」

突然瑞の声が聞こえて、靴を脱いでいた圭祐はぎょっとした。片方だけ靴を履いた状態で弾《はじ》かれたように顔を上げれば、祥子の買ってやったパジャマに身を包んだ瑞が、松葉杖をついて廊下に立っている。

「——…。まだ寝てなかったのか」

「はい。圭祐さん、遅くまで仕事大変ですね」

「いや、まぁ……仕事柄、接待とか多いし。今度から先に寝てて」

まさかこんな時間まで起きて待っていたなんて思わなかった。仕事上の飲み会で遅くなったと嘘《うそ》をついた手前、後ろめたい気分になる。知らず、ぶっきらぼうな口調で呟《つぶや》いた圭祐に、瑞は慌てたように言った。

「え……と、テレビ借りてました。ちょっと面白い番組やってて、それ観《み》てたらいつの間にかこんな時間になってて」

双方の視線がばちっと合い、その瞬間、玄関の空気が何ともいえない気まずいものになった。瑞の台詞は咄嗟《とっさ》に口から出た嘘で、本当は寝ないで待っていたことに圭祐は感づいてしまったし、瑞は瑞で、自分の嘘が圭祐に見抜かれたことをわかってしまったせいだ。

「……」

しばし、どちらからとも視線を外せずにそのまま固まっていたが、中途半端な体勢でいた圭祐の手からＤＭがばさっと落ちたのをきっかけに、瑞が明るい口調で言う。

「お水とか飲みますか？　僕、取ってきます」

「いや、……」

断る間もなく、瑞が散らばったＤＭを掻《か》き集めるために松葉杖を壁に立て掛けようとする。慌ててそれより早く圭祐が屈み込むと、瑞は所在なげに立ち尽くしていたが、やがてリビングに向かった。

松葉杖のせいで不器用に動く背中を見て、思わず深いため息が零れる。もう片方の靴を脱ぎ、圭祐は億劫《おっくう》な気分で部屋に上がった。

ネクタイを緩めながらリビングに行くと、瑞が水の入ったグラスを持ってくる。

「……サンキュ」

礼を言って受け取り、ソファに座って口をつけた。ひと口飲めば、急激に喉《のど》の渇きを意識する。一気に全部飲み干した圭祐を見て、瑞は驚いたように目を瞬かせた。

いいと言う圭祐に構わず、空になったグラスをシンクに運んだ瑞は、にこやかな声で言う。

「圭祐さん、お酒強いんですか？」

「いや、別に。人並み」

「でも大変ですよね。仕事でお酒飲むことが多いなんて」

言いながら、瑞はすぐにグラスを洗っている。手慣れた仕種《しぐさ》から、家事に慣れていることが窺《うかが》えた。おそらく、仕事と金策に駆けずり回っていた両親の代わりに家事をすることも多かったのだろう。

自分の部屋なのに居心地の悪さを感じ、シャワーを浴びようと立ち上がった早々に圭祐は、ふとダイニングテーブルの上に置かれたものに気づく。

――ラップに包まれた夕食が視界に飛び込んできた瞬間、思わず立ち止まってしまった。

「……あ」

リビングに戻ってきた瑞が、ダイニングテーブルの傍で立ち尽くしている圭祐に気づいて声を上げる。ばつが悪そうな顔で俯いた瑞は、言い訳のように呟いた。

「会社で……残業してるのかなって単純に思って。よく考えたら、残業っていってもいろいろあるんですよね。接待とか」

「……」

「一応、圭祐さんが何も食べてないといけないと思って、作っといた方がいいかなって……」

こちらを一切責めない瑞に、しばし突っ立っていた圭祐は、やがて大きく息をついた。落ちてくる前髪を緩慢な仕種でかき上げ、瑞の方に向き直る。

すぐに背筋を正したその姿に、瑞の心境が痛いほど理解できた。ひと回りも年下なのに、圭祐とは比較にならない過去を背負った少年は、ひとえにここを追い出されることを心配していた。少しでも気に入られるようにしよう、迷惑だと思われないようにしなくては、という焦燥感が感じられる。

そのオーラが重くて帰る気になれなかったんだと言えず、圭祐は一度だけ目を閉じ、それから口を開いた。

「ちゃんと言っておかなかった俺が悪かったよ。ごめん」

「いえ、そんな――」

「こういうの、気遣わないでいいから」

取り繕おうとした瑞を制し、圭祐は淡々と続ける。

「自由に、っていうのは、相手の都合を気にせずに暮らしてくれって意味。瑞が俺の帰りを寝ないで待っていたり、食事を用意しておいたりする必要は、まったくないんだ」

「……はい」

「そもそも忙しい業種だし、クライアントや現場の都合に振り回されることが多くて、時間も不規則だし。予定通りに終わることの方が少ないから、外食ばっかりだと思ってくれていい。俺のことは気にしないで、そっちも好きな時間に好きなものを食べてくれないかな。もし待ってたらと思うと仕事してても集中できないし、かといって早く帰ろうと思っても帰れるような仕事じゃないし」

圭祐の言葉を、瑞は黙って聞いていた。利発そうな瞳は綺麗に澄んでいて、圭祐の話を一言一句聞き漏らすまいとしているようだった。

圭祐が話し終わったあと、瑞は小さく頷いて、謝る。

「わかりました。……勝手なことをして、ごめんなさい」

「謝ることじゃない。今日は俺が悪かった。夕食作ってくれてるとは思わなかったんだ。連絡入れるべきだった」

「いえ、僕が一人で早合点しただけだから」

譲り合う会話に、背中がむず痒くなる。弱肉強食の世界で生きている圭祐は、他人を労《いたわ》ったり優しくしたりすることが苦手な自分を知っていた。逆にいえば、そういう性格だからこそ、厳しい業界でも平然とやっていけるのだ。

「……シャワー、浴びてくる」

「はい」

話はこれで終わりだと言外に含ませると、瑞は大人しく頷いた。ダイニングテーブルに松葉杖を立て掛け、圭祐が手をつけることもなかった食事に手を伸ばす。

振り返り、圭祐は口を開いた。

「あ、そのままにしといて。俺がやっとく。えぇと、……」

「冷蔵庫に入れておけば、明日も食べられますから。明日の昼に僕が食べます」

言いしな、再び皿に手を伸ばした瑞に、圭祐は一瞬逡巡する。

できるだけ威圧的にならないように——年長者らしく、優しく語りかけているように聞こえるように。細心の注意を払って、圭祐は口を開いた。

「松葉杖ついてるだろ。俺が冷蔵庫に入れておくからいい。シャワー浴びてからも少し仕事するから、瑞は先に寝ててくれないか」

なるべく一人にしてほしいという響きを、瑞はちゃんと感じ取ったのだろう。皿に伸ばしかけた指を引っ込め、圭祐の目を見て、はにかむような笑みをぎこちなく浮かべた。

「——わかりました。じゃあ、おやすみなさい」

「あぁ」

ぺこっと下げられた頭を眺め、松葉杖をついて不器用にリビングをあとにする細い背中を見送って、圭祐は小さく息をついたのだった。

＊

「じゃあ、何かあったら携帯に電話して」

はーい、という返事を聞いてから通話を切り、圭祐は空を見上げた。十月も半ばの空は、既に暮れかけている。うっすらと橙《だいだい》がかった秋の薄い雲を眺め、肩を竦めると、圭祐は大判の封筒を小脇に挟み、地下鉄に続く階段を下りた。

クライアントの事情で夕方に入っていた会議が突然延期になったので、思いがけず早く帰れることになってしまった。会社に戻って仕事をしてもよかったのだが、そうすると今度はずるずると深夜まで帰れないだろう。明日は朝早くから撮影が入っているので、今日はもう帰宅することにしたのだ。

ラッシュにはまだ間があるせいでがら空きの車内に乗り込み、圭祐は窓ガラスに映る自分の顔を眺めながら、無意識のうちに嘆息する。

瑞が居候するようになってから、一ヵ月と少しが過ぎていた。残暑はいつの間にか消え秋になって、瑞は松葉杖が離せないものの、週に三日の数時間だけ、マンションの近くの小さな事務所で伝票入力のアルバイトを始めていた。

しかし、二人の関係は相変わらずだ。初日から流れるぎこちなさは、未《いま》だに払拭《ふっしょく》できないままだった。

圭祐が言ったとおり、瑞はあれきり食事の支度をすることはなくなった。夜は圭祐より先に寝ているし、朝は圭祐より前に出て行く。一週間に三日ほどは、丸一日顔を合わせなかったりする。

朝起きた圭祐がまず見るのは、キッチンのポットの傍に置かれたコーヒーカップだ。個装されたドリップコーヒーのパックが隣に置いてあり、ポットの湯は必ず一番上まで入っていた。瑞が、出て行く前に準備したものだ。

脚の怪我《けが》がまだ完全に癒《い》えてはおらず、毎日働くことができないから、瑞が家にいる時間は長い。食事の用意はしなくなったものの、自分の部屋以外にリビングや洗面所を掃除したり、自分の分とまとめて圭祐のものも一緒に洗濯をしていることは知っていた。もちろん、脚のことやアルバイトなどがあるから毎日ではないが、気がつくと洗面所の脱衣籠が空になっていて畳まれた洗濯物がバスルームに置いてあったり、部屋が綺麗になっていたりするのだ。

食事を準備されたり寝ないで帰りを待たれたりするのは重いからと断った圭祐だったが、掃除と洗濯は瑞の好きにさせていた。ただ、掃除や洗濯はやってもらえるとありがたいことだが、自分でできないことではない。感謝の言葉を口にして、瑞が義務感に駆られて毎日やるようになったら面倒だからと、改めて礼を言ったりすることはなく、気づかないふりをしているだけだ。

「……」

都合のいい自分への言い訳を自覚していないわけではない。自然とため息が零れ、圭祐は持っていた封筒を抱えなおす。地下鉄がホームに到着し、降車しながら、憂鬱な気分になった。

この時間に帰れば、瑞と顔を合わせてしまう。時刻は午後の四時を少し回ったところだ。別々に夕食をとるのも不自然だから、今夜は向かい合って食事をするか、連れ立って外食に行かなければならないだろう。

悪い子ではない。それはわかっているのだが、自由気儘にやってきた自分には瑞の存在がとにかく重い。そして、自分勝手さを自覚しているから始末に負えない。こんな状況を作ってしまった祥子に内心で恨み言を呟きながら、圭祐はマンションに辿り着くと、メールボックスを探ってからエレベーターに乗った。

部屋に到着し、チャイムを鳴らさずに自分の鍵でドアを開ける。

「……ただいま」

一応声をかけたが、返事はなかった。靴を脱ぎながら、首を傾《かし》げる。アルバイトがある日でも、瑞は朝の九時から午後三時までだと言っていた。夕方はマンションにいるものだとばかり思っていたが、実際は違っていたのだろうか。

そんなことを考えながらリビングに向かった圭祐は、ベランダに続くガラス戸が全開になっているのを見て眉を顰《ひそ》めた。大股《おおまた》で近寄り、外をひょいっと覗き込む。

ひらひらと風に靡《なび》くTシャツやタオルなどの洗濯物を見て、このマンションでは外観を重視するためにベランダに干すのは禁止されていることを思い出した瞬間だった。

「――瑞！」

ベランダの手すりに摑《つか》まり、身を乗り出して下を覗き込んでいる瑞が洗濯物の隙間《すきま》から見えたと同時に、圭祐は鋭い叫び声を上げていた。ぼんやりとした横顔は儚くて、今にも飛び下りそうに見えたのだ。

「圭……」

声に気づいたらしい瑞が、ゆっくりとこちらを振り返る。まるですべてを諦めたような、覇気のないその顔を見たとき、圭祐は持っていた封筒をその辺に投げ捨ててベランダに飛び出していた。横からタックルするように瑞に抱きつき、手すりから引き剝《は》がす。

勢いで、肩がガラス戸にぶつかった。その衝撃で、普段は室内干しに使っている物干しスタンドが倒れる。ついでに、配水管に引っかけられていた、洗濯バサミがたくさんついたサークルハンガーまでが落ちてきて、ガシャガシャという凄《すさ》まじい音が響いた。

頭の上に落ちたので、白いタオルで視界が覆われる。どこに何が当たったのかよくわからないが、肩と額《ひたい》に痛みが走った。右手でしっかりと瑞の腰を抱いたまま、圭祐は闇雲《やみくも》に左手

を振って、顔を覆っているタオルを払いのける。

「……、いた……」

弱々しい声が聞こえ、圭祐はしつこく絡みつく洗濯物を乱暴に振り払うと、自分が押し倒した形になっている瑞の顔を慌てて覗き込んだ。

「おい、大丈夫か⁉」

「圭祐さ……」

「何やってんだよお前！　変なこと考えるのはやめろ！」

茫洋《ぼうよう》と階下を眺めていた瑞の横顔を思い出した瞬間、今さらながらに鳥肌が立つ。興奮のあまり頭に血が上っていた圭祐は、優しくしようとか労らなければいけないなどと思っていたことなどすっかり忘れ、我を忘れて怒鳴りつけた。

「心臓が止まるかと思ったぞ⁉　お前、自分が何しようとしたのかわかってるのか⁉　どんな馬鹿げたことなのか、ちょっと考えりゃわかるだろうが！」

瑞の腕を引っ張って上体を起こさせ、両肩を摑んできつく叱責《しっせき》すると、澄んだ瞳に自分の顔が映っているのが見えた。ひどく焦って、取り乱している自分自身の表情に気がついたとき——圭祐はふと、瑞がきょとんとしていることに気づく。

今にも飛び下りようとしていた人間の表情とは思えなかった。目を丸くして、瑞は呆然と圭祐の顔を眺めている。

やがて、瑞が小さく噴き出した。

「け——圭祐さん、まさか、俺が飛び下りるとか思った？」

「……え？」

「違うよ。洗濯物取り込もうと思ってベランダに出たら、下からクラクションが聞こえたから。何かあったのかなって思って、ちょっと覗いただけ」

そこで耐えられなくなったらしく、瑞は身を捩《よじ》って笑い出した。涙を滲ませ、笑いすぎるあまり咳き込んでいる。

予想外の反応に唖然と固まっていた圭祐は、やがて掠れた声で聞き返した。

「——クラクション？」

「うん」

頷き、まだときおり肩を震わせながら、瑞は笑い混じりに説明する。

「キキーッて急ブレーキの音のあと、叫び声とクラクションが聞こえたんだ。事故だったら大変だって思って慌てて下を見たら、変なふうに止まった車と、自転車で走り去っていく子どもが見えて。あ、大丈夫だったんだって」

「……」

「そしたら圭祐さんの声が聞こえて。あっと思う間もなく、こんな……」

そこで再び笑い出し、瑞は「いたた」と顔を顰めた。そこでようやく、圭祐は瑞の脚に視線を投げる。

「大丈夫、脚は打たなかった。身体が咄嗟に庇《かば》ったみたい」

圭祐の思ったことがわかったらしく、瑞は笑顔で首を振った。自己申告どおり、ギプスに包まれた足はベランダに投げ出されていたが、圭祐の身体の下で押し潰されたわけでも、倒れてきた物干しスタンドに当たったわけでもない。

「……よかった……」

ほっとして、圭祐は息をついた。それと同時に、ふつふつと怒りが湧き上がってくる。勘違いした恥ずかしさも手伝って、自然と声は荒くなった。

「紛らわしいんだよ！　ボーッとした顔でベランダの手すりから下を覗き込んでて、あれで誤解するなっていう方が無理に決まってんだろ！」

「ご、ごめんなさい」

「だいたい、お前の雰囲気が問題なんだよ。なんか空気が重いし、いっつも遠慮して小さくなってるし——なんとなく不安で危なっかしくて、俺がそう思ったとしても不思議じゃない感じなんだよ」

責任転嫁だと、わかっている。言いすぎだと知りながら八つ当たりする圭祐をぽかんとした目で眺め、それから瑞は目を伏せた。

傾きかけた陽射《ひざ》しに、長い睫毛《まつげ》が頬に陰影を落とす。

「……」

口を噤み、それを見ている圭祐に、瑞は困ったような笑みを口許に刻んで呟いた。

「危なっかしい……かな」

「……危なっかしい、気が……」

言いかけて、圭祐はふと目を瞬かせる。

「……」

瑞が顔を上げ、視線がばちっと合った。曇りのない瞳に見つめられ、さっきとは違う焦燥感が、さっと背中を駆け抜ける。

眩しいほどの真っすぐさ——三十手前の圭祐がとっくの昔に失った思春期特有の輝きが、瑞の眼差しには確かに宿っていた。

夜に慣れた大人には、この眩しさが痛い。常々そう思っていたのに、圭祐が今感じているのは苦手意識だけではなく、仄《ほの》かな好感のようなものが確かに息衝《いきづ》いていたのだ。

素直ないい子だとは思っていたが、その生真面目さが却《かえ》ってとっつき難い印象を与えていたのも事実だった。しかし、勘違いだったとはいえ我を忘れて叱《しか》り飛ばした瞬間、お互いの間に流れていた妙なぎこちなさは消え失せていた。暗い、重いと瑞に対してはっきり言った圭祐と同様、瑞も丁寧語ではなく普通の話し言葉で応え、自分のことを僕ではなく俺と言った。体裁を取り繕う余裕もなかったことが、相手への過剰な遠慮を捨て去るいいきっかけになったようだ。

遠慮——そう、圭祐はずっと、瑞が自分に対して遠慮しているとばかり思っていた。実際のところ、それは圭祐も同じだったのだ。瑞に遠慮して持て余し、わざと距離を置いていた一ヵ月間。

「言うほど危なっかしくも……ないかもな」

所在なげに襟足をさすり、圭祐はぽつんと呟いた。さっき噴き出したときの瑞の顔は、こちらに気に入られようと一生懸命浮かべている笑顔ではなく、素直な笑顔だった。もしかすると、必要以上に遠慮がちにさせていたのは同居を好ましく思っていないとはっきり表していた自分のせいかもしれないということに思い当たり、圭祐は咳払《せきばら》いをすると立ち上がる。

「……ほら」

手を差し出すと、瑞は目を瞠ったが、すぐに笑顔でその手を取った。片手でベランダの柵《さく》に摑まり、もう片方の手を圭祐に引っ張られて、脚を庇いながら立ち上がる。

立て掛けてあった松葉杖を渡してやり、圭祐は落ちた洗濯物を拾いながら言った。

「このマンション、洗濯物を外に干すのは禁止されてるんだよ。美観を損ねるとか何とか。だから、ここでは天気にかかわらず室内干し限定」

「そうだったんですか……ごめんなさい」

「謝ることねぇよ。お前が洗濯してくれてるの知ってたのに、俺は気がつかないふりして黙ってたから。悪かった」

言えなかった台詞は、今はするっと出てきた。気づいていながら何も言わなかった自分の狡《ずる》さを自覚していたので、顔を見ながら告げたわけではなかったが、それでも瑞には充分だったらしい。

松葉杖を一本柵に立て掛け、不器用な恰好でスタンドを起こそうとする瑞を制し、圭祐は洗濯物を全部拾ってリビングに放《ほう》り込んだ。片足が不自由な瑞を手助けしながら部屋に戻り、ベランダのガラス戸を閉める。

鍵をかけたあと、圭祐はちらりと後ろを振り返った。

「……」

瑞は早速床に座り込み、散らばった洗濯物を選別している。もう一度洗わなければならないものと、手ではたけば大丈夫そうなものを一生懸命分けている横顔を見つめ、圭祐は黙って目を伏せた。

年端も行かない少年が、少しでも自分にできることを探し、一生懸命働く姿を見て、このままではいけないと初めて肌で感じた。瑞には、ここに住んでいいと思わせるだけの理由が必要なのだ。

双方勝手にやろうと、互いに干渉しない生活の方が断然楽であることは間違いない。圭祐だけではなく、瑞だってそうだろう。十七歳といえば遊びたい盛りだ、小遣いも時間もいくらあっても足りなくて、保護者の目が届かない世界に憧《あこが》れているに違いない。

しかし、今の瑞は居候という身分に縛られ、行くあてもない。自分が十七歳だったときに遊び盛りだったことを思い出せば、過酷な状況であることは否めなかった。

瑞が安心してここで暮らせるように、理由を作ってやらなければならない。来年二月までの短い同居期間を、せめてもう少しスムーズに過ごすために、年上の自分から歩み寄ってやらなければ駄目だ。

さっき見せられた素顔の笑みを思い出し、圭祐はガラス戸に手をかけたまま、口を開く。

「瑞。……いったんいらないって言った手前あれだけど、今日から俺の晩飯作ってもらえるか」

「——え？」

はっと顔を上げた瑞に、圭祐は洗濯物の選《よ》り分けを手伝うことはせずに任せたまま、落ち着いた声で続けた。

「最初はああ言ったけど、やっぱり帰ってきたときにメシがあると助かるから。毎回作ったものじゃなくてもいい。コンビニ弁当でも何でも、とりあえず食えるものを置いといてくれたら」

「……」

「もちろん、俺が瑞と一緒に食えることはまずないと思う。いつも帰りが遅いから、先に寝てくれというのも変わらない。だけど、自分のメシ作ったり買ったりするついでに、俺の分も用意しておいてくれると助かる」

「……圭祐さん」

「付き合いで外食することも結構あるから、そのときは電話入れるようにする」

束縛が嫌いな圭祐の、精一杯の譲歩だった。

最初はぽかんとしていた瑞の顔が、だんだん笑顔になっていく。ベランダで見たのと同じ、屈託のない嬉《うれ》しそうな表情に、やはりこれでよかったのだと安堵感《あんどかん》が込み上げてきた。手にしたタオルを握り締め、瑞が何度も頷く。

「わかりました。準備します。えっと、早速今日から……そうだ、圭祐さんって何が好きなんですか？」

「なんでも食うよ。好き嫌いは特にない」

「じゃあ、どうしようかな。肉と魚とどっちがいいんだろ」

最後の方は独り言のように呟きながら、瑞が立ち上がる。焦ったせいか、松葉杖をソファに引っかけて転びそうになったのに慌てて手を伸ばし、圭祐は呆れて言った。

「まだ夕方だろ。今から準備しなくていい」

「でも、買い物には行かないと。今日は確か合挽《あいびき》ミンチが安かったはずだし、ハンバーグにしようかな」

嬉しそうに声を弾ませる瑞に、罪悪感がちらりと浮かんだ。十七歳の少年の喜ぶことが、他人に食事を作ることだったなんて、思いもしなかった。

確かに、歳若くいかにも庇護を必要とする瑞は、圭祐の望む同居人ではない。それでも、こんなふうに健気《けなげ》な一面を見てしまえば、なんとなく憎めなくなってしまう。初めて素顔らしい素顔を見せてもらえたことで、親しみやすさのようなものがようやく感じられた。

にこ、と笑顔を向けられて——。

「……」

不安定な体勢だった瑞を真っすぐ立たせてやり、圭祐も小さく、不器用な笑みをその口許に浮かべたのだ。

*

「じゃあ、夕飯よろしく。時間は——そうだな、遅くなっても九時。早けりゃ八時過ぎ」

留守番電話にメッセージを吹き込み、圭祐は受話器を置いた。すかさず、背後に立っていた桑原が報告書を差し出しながら冷やかす。

「カノジョですか」

「違うんだな、これが」

肩を竦めて書類を受け取り、圭祐は紙面に視線を走らせながら言った。

「今、うちで親戚の子預かってんの」

「えー。幾つなんですか?」

「十七」

端的に答え、圭祐は書類の自分の欄に判子を捺《お》した。桑原に返して、「川島《かわしま》さんの判ももらっといて」と言う。

バインダーに書類を挟みながら、桑原はキャビネットに凭れて口を開いた。

「夕飯の支度してもらうってことは、女の子?」

「まさか。女だったら問題だろ……男だよ」

「なーんだ。でも確かに椎名さんとオンナノコの同居だったら、それが親戚でも問題ですよね」

「どういう意味だよそれ」

他愛《たわい》ない軽口を叩きあっていると、桑原が何かを思い出したような顔をした。圭祐の手にバインダーを押しつけ、自分の席に向かう。

ほどなくして戻ってきた桑原の手には、PP袋に包装された携帯ストラップが握られていた。

「これ、ミナミ薬局さんの新商品の販促品見本なんですけど。一昨日、ダンボール箱いっぱいに届いて」

「ふぅん。ミナミは……柏田さんか。斎川《さいかわ》ひろこを使ったやつだろ」

「そうそう。ストラップも人気なんですよ。フィギュア専門の田川《たがわ》商事が制作したから、ほらこれ……斎川ひろこの巨乳がいい感じに再現されてるでしょ」

はい、と圭祐の手にストラップを渡し、代わりにバインダーを受け取って、桑原は綺麗にメイクした顔に笑みを浮かべた。

「十七歳だったら、高二か高三ですよね〜。これあげたら絶対喜びますよ」

にこにこと言った桑原にとりあえず礼を言いながらストラップをもらったが、瑞は携帯電話を持っていなかったような気がしないでもない。

引き出しにストラップを放り込んでいると、別の書類を持ってきた平井ががっかりしたように呟いた。

「残念。椎名さんのマンション、一回遊びに行きたかったのに。同居人がいるんじゃ、今は無理か」

「まぁな」

「素敵なマンションだって聞きましたよ〜。……あ、これも確認お願いします」

適当な笑みで応え、圭祐はまだその場にいたそうな平井をさり気なく促した。最後まで笑顔のまま去っていく彼女を見送ったあと、ふぅ、とため息をつく。

部屋に行きたい、イコール、そっちがその気になったときは声をかけてくださいねということだとわかっていたが、もしも平井が同業者でなかったとしても、今の圭祐にはそうするわけにはいかないのだ。

容姿に恵まれていることは自覚している。秋波がわからないほど鈍くもなく、それをやり過ごすだけのそつのなさも持ち合わせている。けれど、それはあくまで『気が乗らない相手の場合は』だ。好みのタイプで、向こうもその気だとわかった場合は、遠慮なくアプローチしていくのが圭祐の信条だ。

ところが、ここ一ヵ月ばかりはご無沙汰《ぶさた》だ。なぜなら、瑞がいるあのマンションに、女性を連れ込むのが憚《はばか》られるからだった。

大人しい性格の瑞のことだ、圭祐がもし女性連れで帰ろうものなら空気を読み、素知らぬふりで宛《あて》がわれた部屋にこもるに違いない。あまりよろしいとはいえない圭祐の行状も、祥子に報告したりすることもないに違いない。

違いない、とは思うのだが……。

「……」

落ちてきた髪をかき上げ、ついでに襟足をさすって、圭祐は胡乱《うろん》な眼差しで書類を眺める。

まぁ、しばらくは自重して清い生活を送る方が無難だろう。仕事に生き甲斐《がい》も感じているし、常に異性のことばかり考えるほど若くもない。今は女遊びを少し自粛して、年下のはとこの面倒を見ることを優先しなければ。

来年二月までの辛抱だと自分に言い聞かせて、企画書にチェックを入れていく。

――現金なものだ。

今まではうんざりする存在でしかなかった年下の同居人が、この前のベランダの一件以降、もう少し歩み寄ってみようかと思うものに変化していることに、圭祐は思わず苦笑してしまったのだった。

玄関の鍵を開け、少し躊躇《ちゅうちょ》してから、圭祐はリビングに向かって声をかける。

「……ただいま」

物音で圭祐が帰ってきたことに気づいたのだろう、すぐに瑞がリビングから出てきた。松葉杖をつきながら玄関まで来ると、はにかんだような笑みを見せる。

「お帰りなさい」

「あぁ」

靴を脱ぐ圭祐から視線をずらし、靴箱の傍に置かれた鞄《かばん》を見て、瑞は松葉杖を廊下の壁に立て掛けた。屈み込んで鞄を拾おうとした瑞に、圭祐は呆れながら首を振る。

「お前、松葉杖で両手塞《ふさ》がってんのに、どうやってそれ持つつもりだよ」

「あっ」

鞄を持ったあとのことは考えなかったらしい瑞が声を上げ、次の瞬間、二人で小さく噴き出す。鞄を拾い、ついでに壁の松葉杖を瑞に手渡してやって、圭祐はリビングに向かった。

ダイニングテーブルに視線をやれば、今夜もきちんと膳《ぜん》が整っている。

向かい合わせに並べられた箸《はし》を見て、圭祐はネクタイを解きながら言った。

「今日、何？」

「鮭《さけ》です。あとさつま芋を煮たやつ」

「ふぅん」

伏せられた二つの茶碗《ちゃわん》を見て、なんだか微妙な気分になる。所帯染みた空間で暮らしたくないという美意識のようなものがあったのに、この現状はどうだろう。結婚していたときも、共働きで双方忙しくしていたため、手料理なんか滅多《めった》に食べたことがなかった。仕事帰りに待ち合わせて一緒に外食したり、この部屋で出来合いのものを食べたりというのが、二年の結婚生活でのパターンだったのだ。夕食を作らせているのは瑞のためとはいえ、今の方がよっぽどそれらしいと思わず苦笑してしまう。

シャワーから上がってリビングに行くと、料理の匂いが漂っていた。実家を出てからこっち、すっかり遠ざかっていた懐かしい匂いだ。離婚したあと、女性を泊めた翌日の朝などにこの手の匂いがリビングに流れたこともあったが、頻度は少なく、数えるほどしかなかった。

「圭祐さん、ビール三五〇でいいですか？」

「あぁ。……俺が行くからいい」

返事をしながらキッチンに行き、冷蔵庫を開ける。松葉杖をついている瑞にリビングとキッチンを何度も往復させたくないという気遣いからだったが、ふと見れば、瑞は片方しか松葉杖をついていなかった。使われていない一本がキッチンの隅の壁に立て掛けてあるのを眺めていると、圭祐の視線の先に気づいたらしく、瑞が笑顔で言う。

「二本あった方が楽なんですけど、もう一本でも大丈夫なんです。もうすぐ松葉杖自体がいらなくなるってお医者さんにも言われたし」

「医者？」

「あ、はい。今日検診だったので。午前中に病院に行ってきました」

にこにこと説明した瑞は、鍋《なべ》から芋の煮物を器に移した。片手にビール、片手に器を持った圭祐に、恐縮しながら礼を言う。

料理らしい料理が滅多に並ぶことがなかったダイニングテーブルに、夕食の支度が整って、圭祐は瑞と向かい合わせに腰掛けた。

「いただきます」

礼儀正しく手を合わせて、瑞は箸を手に取る。

圭祐も箸を伸ばし、さつま芋の輪切りを一つ、口に放り込んだ。ちょっと甘すぎるような気がしたが、特にコメントせずに咀嚼《そしゃく》する。

瑞は家事全般を滞りなくできるものの、得意というわけではないようだった。料理は大味だし、洗濯物にハンガーやピンチの跡がついていることもしょっちゅうだ。それでも、食べたり着たりするにはまったく支障のない程度だし、一生懸命やろうとする姿勢も感じられる。ちらりと圭祐を見たものの、瑞も料理の感想を聞くことはない。自分の腕がわかっているのだろう。

この一週間、向かい合って食事をしたのは二回だけ。あとは、圭祐が残業だったために別々だった。しかし、瑞は圭祐を一人で食卓につかせるのではなく、会話はまったくといっていいほど弾まないものの、お茶だけを淹《い》れて向かいに座っていた。

けれど、沈黙したまま食事をするよりは、やはり最低限の会話をしたいらしい。周囲を見回して、瑞が口を開く。

「圭祐さん、こんな部屋に住んでるなんてすごいですよね」

「言うほどでもない。確かに買うときは思いきったけど、所詮《しょせん》は俺でもローン組めた物件だし」

「そうですか？」

「そう。３ＬＤＫだし、駅まで十五分かかるから。新築じゃなくて二年落ちだったから、値段もそれなり」

「ん……、でも、やっぱりすごいと思う。一人暮らしでこんなに大きなマンション買ったなんて。中もすごくお洒落な感じで」

そんなふうに言った瑞に、圭祐は首を傾げた。

「あれ、おふくろから聞いてない？　俺結婚してたんだよ。ここは新居として買ったの」

「……え？　でも」

「二年前に離婚した。共稼ぎだったし、まぁ——俺にも悪いとこはあったけど、離婚の直接原因は彼女が不倫相手の子ども妊娠したことだったから、慰謝料はなかったんだよ。このマンションは俺の名義で買って俺の給料からローン返済してたから、彼女が出てっても残ったわけ。離婚したとき売ろうかとも思ったんだけど、また引っ越しすんのも面倒だし、ここ会社にも近いしさ。どうせだから、このままここで独身生活を謳歌《おうか》しようと思って」

圭祐がそう言うと、瑞はさっと顔色を失った。しばらくうろうろと視線を彷徨わせたあと、小さな声で呟く。

「……ごめんなさい」

「別に」

あっさりと首を振って、圭祐は鮭をほぐしながら言った。

「よく考えりゃ、俺の性格って結婚に向いてないんだよ。あのときは血迷ってたとしか思えないな」

「……」

「別れるときの手続きがとにかく面倒でさ、思い出すと今でも気が滅入る。お互いの両親をはじめ、いろんな人が嫌な思いしたことは事実だし、もう結婚は懲りた」

さばさばと言ってのけた圭祐だったが、瑞がひどく申し訳なさそうな顔をしていることに気づき、眉を寄せる。

味噌汁《みそしる》の椀《わん》を手に取り、圭祐は普段の口調で言った。

「だから気にすることないんだって。そこそこ生きてりゃ、人間誰だって大っぴらに他人に言うようなもんでもない過去の一つや二つ、持ってるよ。……お前だってわかんだろ？」

「……圭祐さん」

「俺の場合は、もう終わったことだから。二年経《た》つし、自分なりにいろいろ考えて割り切ってるし。だからお前にも話したんだし」

気にされると却って面倒だからと言外に滲ませると、瑞はしばらく黙っていた。賢そうに澄んだ瞳は、今は圭祐ではなく、どこか遠くを見つめているようだった。

離婚と、一家心中。——背負った過去の重さに違いはあれど、生きている以上、前を向いて進んでいかなければならない。圭祐が自身の過去についてそうであるように、瑞の過去についてもあまりこだわっていなかった。もちろん、十代という若い状況で背負うにはあまりにも重く苦しい枷《かせ》だと同情する部分もあるが、腫《は》れ物に触るように接しようと思ったことは一度としてない。

瑞は、生き残ったのだ。

業火の中、家族がみんな炎に飲まれても、瑞だけは助かったのだ。実際に経験していない圭祐が想像するだけでも凄惨《せいさん》な過去だが、いつまでもそこに停滞していてはいけない。前に向かって一歩踏み出し、新しい環境で新しい生活を始めなければならない。

思いがけず、その最初の一歩に寄り添うのは自分になってしまったわけだけれど——圭祐は、必要以上に瑞を甘やかそうとは思わなかった。淡々と、いつもどおり接することが瑞にとってもいいのではないかと、そんなふうに思っている。

それは、二年前に圭祐がそうされたいと願ったからだった。

終わったことに、同情はいらない。へこんだときに愚痴だけ聞いてくれたら構わない。普段は何事もなかったように接してくれれば、過去の記憶はやがて風化し、心に残る苦く小さな感傷となるのだから。

「……圭祐さんって強いね」

ぽつんと呟かれた台詞に圭祐が顔を上げると、瑞は口許に苦い笑みを刻んで言った。

「俺も、そんなふうになりたい」

「……」

その台詞に、圭祐は何も言わなかった。慰めの言葉を口にするのは簡単だが、それを口にすることで却ってつらい気分にさせてしまうかもしれないとわかっている。自分のときより、もっと過酷な状況下にある瑞を励ますことも、偽善や自己満足のような気がした。

「そうだ。そんな話より、お前に渡すもんがあるんだよ」

話題を変えようと立ち上がり、圭祐は鞄からストラップを取り出すと、向かいに座る瑞に渡す。

「これ、会社でもらったから。やるよ」

「……携帯ストラップ？」

「そう。……ま、携帯持ってない瑞には不要かもしれないけど。斎川ひろこのだから、のちにプレミアつくかもしれないぜ」

彼女の生き方次第だけどな、と圭祐が冗談っぽく言うと、瑞はきょとんとして目を瞬かせた。ストラップの先端についている女の子の人形と圭祐の顔を見比べ、そして。

「——斎川ひろこ？　って誰ですか」

「……っ」

飲んでいた味噌汁を噴き出しそうになり、圭祐は咳き込んだ。瑞がぎょっとしたように目を瞠り、「大丈夫ですか」と身を乗り出してくる。

なんとか落ち着いて、圭祐は首を振った。

「大丈夫……っていうか、お前まさか斎川ひろこ知らないとか言わないよな？」

「？　知りません」

「お前さぁ……」

がっくりと項垂《うなだ》れて、圭祐は斎川ひろこについて説明しかけ、思い直して新聞とテレビのリモコンを持ってきた。新聞を瑞に渡し、同時にテレビをつける。

「テレビ欄、見てみろ。特にゴールデンタイムのバラエティ。どっかに名前ない？」

「……あ、あった。えっと、4チャン。……6チャンにも」

「今やってんのは？」

確認して、瑞が言ったチャンネルに合わせると、画面に何人かのタレントが映し出された。リモコンで画面の右端を指し、圭祐はぶっきらぼうな声で説明する。

「あれだよ、ほら。下の段の右から二人目。グラビア出身のタレントで、今若い男にいちばん人気あるんじゃないか。バラエティやドラマだけじゃない、CMも含めると毎日絶対見かけるぞ」

「そうだったんですね……」

「ですね、って」

感心したように呟いた瑞に思いっきり呆れた視線を送り、圭祐は言った。

「瑞、日中何してんだよ。事務のバイトって週に三日だろ、マンションいる間にテレビとか観ないのかよ」

「テレビは……、あんまり。日中は圭祐さんだって働いてるし……」

瑞は理由をぼかしたが、答えたときの態度からなんとなく感づいた。要するに、間借りしている身で家主の不在時にテレビを観るのはいけないと自重しているらしい。

ため息をついて、圭祐は興味深そうにストラップを弄っている瑞に聞く。

「お前さぁ、一年の半ばで高校辞めたんだっけ。当時の友達と会ったりしてないの？」

「いえ、……時間なくて」

「もうちょっと世間の時流に乗っていけよ。斎川ひろこ知らないって、いくらなんでもあんまりだぞ」

わざと大仰《おおぎょう》にやれやれと肩を竦めると、瑞は恥ずかしそうに笑った。行儀のいい笑顔ではなく、つい素顔が覗いてしまった、そんな感じの笑顔だった。

屈託のない表情につい緊張感が緩み、圭祐はかねてから思っていたことを口にする。

「瑞、また高校通う気はないのかよ。おふくろも言ってたぜ、来年四月から椎名の家の近くの公立はどうかって」

「え？　……うーん、高校は……当分はいいです。今はとにかく早く脚治して、アルバイトしたいから」

苦笑しながらそう答えた瑞に、学業に復帰するのは気が進まないのだとわかった。二年留年することになるのだからかもしれない。大学生になれば、浪人生も留年生も珍しくはないが、高校だとやはり少しは物珍しい目で見られる覚悟は必要だろう。

「俺は通った方がいいと思うけどな。バイトしたいって、今もやってるじゃねぇか」

「もっといろいろ。脚が治ったら、また新聞配達とかもやりたいなって。中学二年からやってるから、もう身体が馴染《なじ》んでるし」

「新聞配達……。面白いか、あれ？」

首を傾げた圭祐に、瑞はにこにこと頷く。

「冬は寒いからちょっときついけど、夏は涼しくていいですよ。二時過ぎに販売店に行って、チラシ挟むところから始めるんです。時間との勝負だから、みんな頭の中空っぽにして黙々とやってて、その緊張感がいい感じで」

「ふぅん」

「雨の日なんかは、さらにビニール掛けもあるからもう必死で。配達のルートも自分で工夫するので、楽しいです。お正月だと、朝刊来るのを待ってるお爺《じい》さんとかが玄関に立ってて、お年玉くれたりするんですよ。初めてもらったときは、感動したなー」

嬉しげに語る瑞は、働くことが苦にならないようだった。学校に通うよりもアルバイトを優先したいというのは、もしかすると金のためかもしれないなと、圭祐はぼんやり考える。

親が金で散々苦労するのを目の当たりにしてきたから、自分は同じ轍《てつ》を踏むまいと思っているのかもしれない。たくさん働いて、慎《つつ》ましくも平凡な暮らしを望んでいる気がした。

本音を言えば、働くことはいつでもできるのだから、今は高校に通えばいいのにと思わなくもない。学費は椎名の家が出すと言っているのだし、奨学金制度も使えば大学にだって行ける。

けれど、圭祐はそれ以上突っ込むことはしなかった。

「二時か……早起きだな。俺には無理だ」

そう言うと、瑞が噴き出した。何事もなかったかのように食事を再開する圭祐をほっとしたように眺める。

ストラップをそっと両手で包み込むと、瑞は圭祐に向かって小さく頭を下げた。

「これ、ありがとうございました。携帯はないけど、鞄につけます」

そう言ったときの瑞の笑顔は素直なままで、圭祐も口許が緩むのを感じる。

圭祐の浮かべた笑みも、ベランダ事件のときのぎこちない笑みではなく――本当に、自然に滲んだものだった。

＊

季節は流れ、十二月になった。

圭祐の勤め先は三月が年度末だが、取引先や下請けによっては十二月に収支を合わせるところも多く、忙しい。また、年末といえば恒例の忘年会シーズンで、接待の多い業界ならではのこの季節は、アルコール好きの圭祐でさえ辟易してしまうほど連日飲み会となる。

「スタジオリアルとの忘年会、日程決まった。二十四日な」

「ええ〜っ」

出先から帰ってきた青山が言うのに、桑原が顔を顰めた。自分の手帳に書き込みながら、憤懣《ふんまん》やる方ない表情でぼやく。

「何考えてるんですか、イブに忘年会って」

「一人前なこと言ってんじゃねーよ、お前彼氏いないだろ」

「失礼な。一人に絞ってないだけですよ。あーもう、イブまでには本命決めようと思ってたのに〜」

嫌々ながらも日程を変えろと言わないあたり、桑原もこの業界の多忙さは覚悟の上なのだろう。苦笑しつつ、圭祐も自分の手帳に予定を書き込んだ。

十二月の半ばからずらりと並んだ忘年会の予定を眺め、ふと、この間瑞を一人で食事させることになるなと思ったときだった。

「じゃ、忘年会終わったら二次会しましょうよ。せっかくのイブだし、みんなで夜通し飲むのってどうですか⁉」

横から平井が口を出してきて、圭祐は間髪入れずに却下する。

「俺、無理。終わったらすぐ帰る」

「えぇ〜。行きましょうよぉ」

「駄目。うちに親戚の子預かってるんだからさ」

「そんなぁ」

グロスが艶《つや》めく口唇《くちびる》を尖《とが》らせて、平井がブーイングを飛ばした。その目を見れば、媚が潜んでいることが丸わかりだ。

隠しているつもりで隠せていないのか、それともわざと隠していないのか。どちらにしろ、職場でこんな目で堂々と相手を見ることができるのは、平井がまだ二十代半ばだからだろうかと圭祐が考えていると、青山が余計な口を挟む。

「やめとけ、平井。バツイチに入れ揚げてもいいことないぜ」

「えっ」

青山の言葉に、平井が固まる。その様子を見て、青山と桑原がしみじみと言った。

「なんだよ平井、知らなかったのか。結構有名だったのにな〜」

「なんか、月日の流れを感じますね。平井ちゃんが知らないって意外」

「だよな。あれから……えっと、三年？　いや二年か。なんだ、まだ二年かよ」

「なんかずいぶん前のことのような気がしてましたけど、そんなでもないですね」

好き勝手に喋る同僚を胡乱な目で眺め、圭祐は捲っていた書類を閉じると立ち上がる。

「人の古傷抉《えぐ》って遊ぶんじゃねぇよ」

「何言ってんだよ。古傷が聞いて笑わせる」

「そうですよ椎名さん、離婚した直後から『さ〜これで独身時代に逆戻り！』と言わんばかりに派手に遊んでんの、知らないとでも思ってるんですか」

あははと笑い声を上げる二人に苦笑して、圭祐は未だに呆然としている平井に書類を手渡しながら言った。

「これ、キョーシン印刷に送っといて。あと桑原、この前言ってた企画書、まだ出てないぞ。明日朝イチまでに出せよ」

「えー朝イチ！　今日、残って見てもらえます？」

「無理。夜は早く帰るから」

圭祐が素っ気なく言うと、桑原が不貞腐《ふてくさ》れる。

「もー。最近の椎名さん、その預かってる親戚の子中心の生活してますよね」

その台詞にどきっとしたが、あえて否定すると余計に墓穴を掘りそうだったのでやめた。というより、否定しようもないほど、最近の圭祐は仕事を持ち帰ってでも残業しないようにしている。言わずと知れた、瑞の手料理を食べるためだ。

会話は、相変わらずぎこちない。最初はジェネレーションギャップが原因かと思っていた圭祐だったが、しばらく瑞と過ごすうち、どうやらそうではないことがわかってきた。広告代理店に勤務しているだけあって、流行に敏感で話題も豊富な圭祐に比べ、瑞は驚くほど世間の流れに疎かった。高校を数ヵ月で辞め、以後はずっと家計を助けるためにアルバイト三昧《ざんまい》で、雑誌も読まず、テレビもろくに観ない生活を送っていたためだ。

従って、十代の若者の話題に三十路《みそじ》一歩手前の男がついていけないというのではなく、圭祐と瑞に限っては逆だった。瑞が今までやっていたアルバイトというのも、学生たちが小遣い稼ぎに集うファーストフード店やレンタルビデオショップの店員の類《たぐい》ではなく、新聞配達や中華料理店の厨房《ちゅうぼう》での皿洗いといったものだ。同年代のアルバイトがいない、流行歌も耳にする機会がない――そんな瑞は、有名タレントの名前もブームになったゲームソフトのタイトルも、圭祐が驚くほど知らなかった。

未だスムーズに会話が進んでいかない原因は、ジェネレーションギャップなどではなく、双方にまだ遠慮が残っているからだろう。しかし、最初の頃を思えば格段にましになっている。基本的には圭祐に対して敬語を使う瑞だが、それでも言葉の端々に砕けた雰囲気が滲み、ときにはフランクな言葉遣いで話しかけてくることも多くなった。圭祐も、瑞のこれまでの生活ぶりを尋ねたりするなど、一歩突っ込んだ質問をするようになっている。

「じゃ、朝イチによろしく。これから松葉《まつば》制作と打ち合わせ、戻りは六時」

「横暴～」

文句を言う桑原を適当に流し、圭祐はホワイトボードに社に戻る時刻を殴り書きすると、慌《あわ》ただしくコートに袖を通した。鞄を手にオフィスをあとにし、地下鉄の駅に向かう。

その途中で、デパートのショーウィンドウにディスプレイされた小さなクリスマスツリーにふと目が留まり、圭祐は足を止めた。

居心地が悪くなったという理由で会社をそそくさと出てきたようなものなので、約束まではまだ時間がある。腕時計に視線を落とし、様々なディスプレイが施されたウィンドウが一定間隔でずらりと並んでいるのを眺めながら歩いているうち、そういえば今日はボーナスの支給日だったと思い出した。

ウィンドウを飾るのは、女性向けのパーティー用ドレスや私服が大半だ。デパートの利用客は圧倒的に女性が多いことを考えれば、当然だった。しかし、今は折しもクリスマス商戦のシーズンだ。男性宛《あて》のプレゼント用品も結構ディスプレイされていて、その中の一つに圭祐は足を止める。

圭祐はもう数年前に卒業してしまったが、二十歳前後の頃は好きで愛用していたブランドだった。大学に通うよりもアルバイトに熱中し、シャツやソックスなどを少しずつ買い集めた店だ。流行は変わっていくから、同じ店でも当時の圭祐が買っていたときより雰囲気が少し変わっている。それでも懐かしさを感じ、圭祐はぼんやりと瑞の顔を思い浮かべて、ウィンドウに一歩近づいた。

完全に打ち解けたというにはまだまだだが、プレゼントをあげたら瑞はどんな顔をするだろうか。

一瞬そんなことを考えたが、圭祐は慌てて打ち消した。いずれ出て行く同居人とは、必要以上に馴れ合うべきじゃない。それに、お互い不干渉で自由にやろうとあれほど宣言した手前、プレゼントを贈るなんてもってのほかだ。夕食を一緒にとるのでさえ、あれほど紆余《うよ》曲折があったのに。

しかし、そう思いながらも足はその場から動かず、圭祐はしばらくウィンドウの向こう側に並ぶアイテムを眺めていた。

ボーナスだから、クリスマスだから、いつもろくなものを着ていないから――幾つもの言い訳が頭の中に浮かんでは消える。

「……」

もう一度腕時計に視線を落とし、結局、圭祐はデパートに入った。なんだか自分に負けたような気分だった。

けれど、らしからぬ自分にため息をつきつつも、プレゼントをあげたときの瑞の顔を想像すると、楽しい気分になってくるのは否めなかったのだ。

マンションに帰り着き、鍵を外す。帰宅したときに玄関に灯りがついていることにも、もう違和感を覚えなくなっていた。鍵をいつもの定位置に放り込むと、鞄と薄っぺらい紙袋を靴箱の横に置く。

紙袋の中身は、瑞にと買ったシャツだった。今日の夕方、客先に行く途中で寄ったデパートで買ったものだ。

自他共に認めるほど女遊びは派手な方だし、アニバーサリーにしかプレゼントを贈れないほど野暮な男であるつもりもない。理由のないプレゼントなど、交際中の彼女には何度も贈ったことがある。

けれど、同性のためにこんなものを買ったのは初めてだった。

靴を脱いでいると、物音で圭祐が帰ってきたことに気づいたらしく、リビングから瑞が出てくる。

「お帰りなさい」

「あぁ」

ありきたりな、けれどここ何年かは交わしたことのなかった挨拶にも、照れることはなくなった。瑞と一緒に廊下を歩きながら、圭祐はふと足下に視線を落とす。

圭祐の視線の意味がわかったらしく、瑞は屈託のない笑顔で言った。

「松葉杖取れて一週間だし、だいぶ前の感覚が戻ってきたかも」

「でもまだぎこちないな」

「うーん……。でも、もうすぐ普通に歩けるようになると思います。走ったりできるようになるのはまだ先みたいだけど、医者《せんせい》からは少しずつアルバイトも始めていいって言われました。長時間の立ちっぱなしや力仕事は駄目だけど、今やってる事務みたいなのだったら増やしていってもいいって」

にこにこと説明する瑞に、なんだか感慨深くなる。今のこの笑顔は、同居を始めた当初向けられていた笑顔と少し違っていた。雰囲気が柔らかくなり、さほど緊張していないのが感じられ、こちらを信頼して安心しはじめているのがわかる。

自分がこんなものを買ってしまったのと同様、瑞もだんだん打ち解け始めているのだろうか。

リビングに行き、早速夕食の支度をしようとする瑞を呼び止めて、圭祐は持っていた紙袋を差し出す。

「……？」

「ボーナス出たから買った」

端的にそれだけ言って、瑞が怪訝《けげん》な顔で紙袋の中を覗くのを見守った。瑞は薄い紙に包まれた中身を取り出しても、何が入っているのかわからないようだった。おそらく、これまで専門店で服を買ったことがなく、いつもスーパーかディスカウントショップですませていたのだとわかる。

未だに自分の高校時代の服を着ている瑞を、いつしか圭祐は真剣な眼差しで見つめていた。中身を見て、瑞はどんな反応をするだろうか。

セロテープを丁寧に剝がし、かさかさと音を立てながらゆっくりと包みを解いた瑞は、中から現れたものに目を丸くする。

フライフロントのシャツは、一見したところ普通の白いプレーンなものだが、襟とカフスの部分によく見ないとわからないほどのピンタックが入っている。全体的に品がよく、それでいてちょっとした遊び心がさり気なく効いていて、ひと目見た瞬間気に入ったシャツだった。服装にはうるさい圭祐が、これにしようと即決したのだ。

「……シャツ？」

「あぁ」

「ふぅん。……かっこいいシャツですね、圭祐さんに似合いそう」

感心したように言った瑞に、がくっと力が抜ける。眩暈がしそうだと思いながら、圭祐は呻《うめ》くように言った。

「何言ってんだよ、俺のサイズじゃねぇだろ。そんなの着たら裂けるに決まってる。お前のだよ」

「——え？」

「言っただろ、ボーナスが出たんだよ。お前いつもろくな服着てないからな、こういうのが一枚でもあった方がいいかと思って買ってきた」

ぶっきらぼうな口調になってしまうのは、最初の瑞の台詞があんまりだったせいもあるが、それ以上に照れからきていた。年下のはとこと同居なんて冗談じゃない、俺は一切面倒を見ないから自由にやることにしよう——最初はそんなことを言っていたくせに、ボーナスが出たからと口実を作って、こうしてプレゼントを買ってやる自分が情けなかったのだ。

シャツを持ったまま呆然としている瑞に、何か言ってくれないと居たたまれないだろうと内心で突っ込みつつ、圭祐は口早に捲《まく》し立てる。

「クリスマスも近いし。俺、毎年年末は仕事で忘年会が詰まってて、今週くらいしか夜はまともに帰れないんだよ。来週からはお前一人で食事させることになるし——」

「……」

「そんなわけで、来週から夕食はいらない。帰りも一時二時になるから、先に寝ててくれ。もしあれだったら、俺が遅い間は椎名の家で夕飯食わしてもらうとか」

言い訳じみた言葉を並べていくうちにどんどん脱線していって、圭祐は柄にもなく途方に暮れた気分を味わった。どんな女が相手でも、どんなシーンでも、スマートにプレゼントを渡すことができるはずなのに、瑞を前にしたときはどうしてこうなってしまうのか。

しかし、その疑問の答えは瑞の次の台詞で氷解した。

「も——もらえないです」

動揺した様子で、瑞が激しく首を振る。

「置いてもらってるだけでも充分なのに。こんな高そうなシャツ——」

「いいから。というか、お前いい加減に俺の昔の服着るのやめろよ。見ててなんかこう、居たたまれないんだよ」

「だったら、ちゃんと自分で買います。だからこれは」

「自分で買う自分で買うって、お前本当に買ってきたこと一度だってないじゃねぇか。もういいんだよ、包み開けたんだし今さら返すのも馬鹿らしいし、それはお前のサイズなんだから」

説得というより脅迫じみた口調で言いながら、圭祐はなんだか切なくなった。年下のこの少年を、不憫《ふびん》だと思わずにはいられなかった。

今までスマートにプレゼントを差し出せたのは、相手が女性だったからではない。彼女たちはみんな、『贈り物をもらう自分』をちゃんと想像することができたからだ。こんなふうに、自分は他人の厚意を受け取れる立場ではないと首を振ったりはしなかった。

病院で初めて顔を合わせたとき、何の変哲もないパジャマを買ってもらったお礼を祥子に丁寧に伝えていた姿を思い出す。

物心ついてから思春期の多感な時期まで、瑞はどんなものを見、どんな経験をしてきたのだろう。経営難のために金策に駆けずり回る親が、金融機関だけではどうしようもなくなって、友人知人を回って頭を下げているのは知っていたはずだ。それにより、親戚中から疎まれているのも承知の上だろう。

——自分がどういう立場なのか、よくわかってます。

初対面のあのとき、瑞は病室でそう言った。ただ存在することだけで負い目を感じているのだと思えば、ひどくやりきれない気分になる。

「瑞、……」

思いつくまま言い訳を並べるのをやめて、圭祐は少し考えたあと、言葉を吟味しながら言った。

「俺が買いたかったから、買ったんだ。ちょうどボーナスが入ったところで、仕事先に向かう途中でデパートを通りかかって、なんとなくお前の顔を思い出した、ただそれだけなんだよ。いつも俺のお古ばかり着てるから、たまにはこんなのもいいだろって思って買ったんだ」

「……圭祐さん」

「お前だってバイトに忙しいのに、夜遅くまで仕事してる俺の代わりに掃除したり洗濯したりしてくれてるし、夕食もときどき作ってくれるだろ？　俺はこういう性格だからあんまり口に出して言わないけど、感謝してるよ。だから、これはお礼のつもりで受け取ってくれないか」

辛抱強く、瑞がそれをもらっても構わない理由を説明して、圭祐は重ねて告げる。

「置いてもらえるだけでいいとか、いるだけで迷惑になってるとか、そんなことは考えないでいい。過去は過去で、もう終わったことなんだ。お前がここに来たきっかけは、確かに親父さんが借金を重ねた末に亡くなったからだけど、それはあくまできっかけでしかないんだよ。ここに来た以上、俺は俺と暮らしてる間の瑞しか見ていないし、過去のことに対してどうこう思っちゃいない」

「……」

「考えてもみろ。俺だって痛い過去持ってるよ。お前のそれとは比べものにならないけれど、自分から進んで他人に言うことは避けたい過去だよ。だから俺は、大事なのは今だと思ってる。お前ももっと堂々としてろ」

瑞の手からシャツを取って、圭祐は握り締められていたせいで寄ってしまった皺《しわ》を掌《てのひら》で伸ばした。肩の部分を両手で摘《つま》み、座ったままの瑞の胸に当てる。

「似合うじゃないか」

「圭祐さん……」

「やっぱ俺ってセンスいいな。……今度、それ着てどこかメシ食いに行こう」

わざと茶化《ちゃか》して言うと、瑞は大きな瞳を揺らめかせた。自分の胸に手を当てるように宛がわれたシャツを抱き締め、薄い口唇を震わせる。

その頬が、確かに喜びのために上気しているのを見て取って、圭祐は口許に苦笑を浮かべると、瑞の頭をぽんと優しく叩いた。

プレゼントを受け取った瑞の反応は、圭祐が想像していたのとはちょっと違うものだった。嬉しさよりも申し訳なさが先に立つ瑞の表情に感じたのは、落胆が半分と、やっぱりなという思いが半分。それでも、大事そうにシャツを抱える腕を見つめれば、達成感にも似た満足感が胸を満たしていくのは止められなかった。

「……ありがとう。すごく嬉しい。……大事にします」

消えそうな声でそう呟いた瑞の表情は、今まで見たどの顔とも違っていて、圭祐は初めて、可愛いと思ったのだ。

＊

一月に入ってすぐの木曜日、圭祐は会議の合間を縫って、会社の近くの喫茶店に向かった。席の誘導に来たウェイトレスに首を振って、きょろきょろと店内を見回すと、理恵子が奥の席で手を上げる。

「遅い！　もう～」

「仕事中に抜け出してきた俺に、ご祝儀だけもらいに来た無職のお前が文句言うな」

「うわ、ひどっ。無職じゃなくて花嫁修業中と言ってよね」

拗《す》ねた顔をした理恵子は、すぐに破顔した。「お兄ちゃん、コーヒーでいいよね？」と聞き、やってきたウェイトレスにオーダーする。

スーツの内ポケットから無地の白い現金封筒を取り出し、圭祐は喫茶店の小さなテーブルの上に滑らせた。

「結婚おめでとう。これ」

「わぁ、ありがとう！」

「離婚するときは返せよ」

「しないわよ、お兄ちゃんじゃあるまいし。縁起でもないこと言うな」

口唇を尖らせて、それから理恵子は封筒を押し戴《いただ》いて軽く頭を下げると、中を覗いた。嬉しそうな様子を苦笑して眺めながら、圭祐は灰皿を引き寄せる。

たった一人の妹だから、祝い金は奮発して包んだ。式は二月の末なので渡すにはまだ早いが、新居の準備もあるだろうしと、一ヵ月以上前にあげることにしたのだ。連絡を受けた理恵子は喜んで、こうして圭祐の出られる時間を狙って、会社の近くまで出てきたのだった。

向かい合ってコーヒーを啜《すす》りながら、理恵子が改まった口調で言う。

「本当に、どうもありがとうございました。助かります。今晩、雅志からもお礼の電話させるね」

「いらねぇよそんなもん。雅志くんだって俺に電話すんのは気が重いだろ」

「ま、ね。雅志、二言目には『お義兄《にい》さんより稼ぎ悪いけど』だもんね……。でも、けじめだから。ほんとにありがとう、お兄ちゃん。これで冷蔵庫と食器洗浄器買うんだ～。しかもお釣りがいっぱい来そう。バッグ買おっかな」

封筒を両手で胸に当ててうきうきと言った理恵子に、圭祐は思わず煙を噴き出してしまった。

「なんだよバッグって。それにだいたい皿くらい自分で洗えよな、専業主婦になるんだろ」

「えー、お兄ちゃんマジで広告代理店勤務？　時代錯誤もいいとこなんだけど。今はね、専業主婦でも家事を軽減化する時代なんです～。今どき『専業主婦は手で皿を洗え』なんて言ったら、日本中の女に殴り殺されるよ」

「……」

相変わらず、一を言えば十になって返ってくる。圭祐が大学進学を機に実家を出たので、別々に暮らし始めてもう十年以上だが、この減らず口を聞くと離れていた時間が一気に巻き戻され、口喧嘩ばかりしていた子どもの頃を思い出すのだ。

「……お前、よかったな。雅志くんがいなかったら、こんなうるさい女、誰ももらっちゃくれないぜ」

「何か言った!?」

「何も」

首を振り、それから二人同時に顔を見合わせて噴き出してしまった。煙草の灰を落としながら、圭祐は眩しそうな目で正面に座る理恵子を眺める。

兄の欲目を引いていても、美人の妹だと思う。しかも今は、結婚を間近に控えた独特のオーラが全身から滲み出ていて、本当に綺麗だった。生き生きした眼差しを見ていると、妹だというのについ照れてしまう。

理恵子は封筒を大事そうにハンドバッグにしまうと、頬に落ちる髪を耳に掛けながら言った。

「お兄ちゃん、最近どう？　お正月も仕事だっていって帰ってこなかったし、瑞くん……だったよね、同居上手《うま》くいってる？　私、実はちょっと心配してるんだよね～」

「なんだよ心配って」

「うーん……。ほら、お兄ちゃんって誰かと同居するのにあんまり向いてないんじゃないかなー…って思ってたから」

さすがに妹だ。離れて暮らしている期間が長くても、基本的な性格はすべてお見通しらしい。

結婚に失敗したことも、理恵子がそう思う一因だろう。

二本目の煙草に火をつけながら、圭祐は苦笑いを浮かべる。

「まぁ、今のところ特に問題ないし。そこそこ上手くやれてるんじゃないの」

最初の頃、ぎくしゃくして息が詰まりそうだったことなどおくびにも出さず嘯《うそぶ》くと、不安そうな顔で聞いていた理恵子もほっと安心したようだ。よかった、と呟いて、コーヒーカップに手を伸ばす。

「お母さんに、今日お兄ちゃんに会ったら瑞くんのこと聞いといてって言われてて。上手くやってるんならよかった、お母さんにもそう言っとく」

「あぁ」

「そっかー…、結婚みたいに対等なパートナーじゃなくて、年上と年下の保護関係みたいな感じになってるのがいいのかもね」

「……どうだろ」

首を傾げた圭祐を見て、理恵子は少し睫毛を伏せた。しばし迷うような間のあと、躊躇《ためら》いがちに圭祐に尋ねる。

「お兄ちゃん、答えたくなかったらいいんだけど……。私ももうすぐ結婚するし、よかったら教えて」

「何」

「あのとき、お兄ちゃんはなんですぐに離婚したの？　もう一回やり直そうとか、一度でも思わなかった……？」

その質問に、圭祐は間髪入れずに答えた。

「思わなかった。無理に決まってんだろ、あっちは相手の子ども妊娠してたんだから」

「そりゃまぁ……そうだけど、でも」

「俺もあのとき初めて知ったんだけど、現在の日本の法律って、子どもの本当の父親が誰であれ、出生届の父親の欄には戸籍上の父親の名前が記載されるんだってな。しかも、女は離婚後再婚するのに半年空けないとならないし。もたもたしてて離婚が遅くなったら、生まれてくる子どもの父親が俺になるか、庶子になるかのどっちかだろ。あいつ、俺に打ち明けたときは既に三ヵ月目に入ってたし」

「……」

「早く離婚して、出産前に相手の男と再婚できるようにしてやるのが、俺の最後の罪滅ぼしだと思うしかなかったんだよ。俺は独身時代と同じペースで仕事してて、あいつのこと全然構ってなかったから」

「……そっか。……でも、その子どもは本当に相手の人の子どもだったの？　お兄ちゃんの子どもってことは――」

「ねぇよ。当分は二人で稼ぎまくろうと思ってたから、子どもできないように注意してたし」

顔を顰めて、圭祐は短く言いきった。いくら兄妹でも――兄妹だからこそ、夫婦間の夜の話はしたくない。

「……ごめんね。ありがと」

理恵子もその気持ちはわかったらしく、これで話を切り上げた。

少し冷めたコーヒーを含みながら、圭祐はぼんやりと二年前のことを思い出す。

あのとき、自分たち夫婦は二人とも、離婚することしか考えていなかった。子どものことはひとまず置いておいて、まず互いにやり直したいという気持ちがあるかどうかなんて、確認すらしなかった。

愛情が醒《さ》めたわけじゃない。少なくとも、圭祐はそうだった。これまでと変わらぬ結婚生活が明日からも続いていくのだと、彼女から浮気していたと切り出されるその晩まで、疑うことさえなかったのだ。

自分たちを結びつける糸が捩れていることに気づいたとき、それを元通りに直してみようという気はまったくなかった。愛していなかったわけではなく、打算や妥協で嫌々結婚したわけでもない。それでも、糸の捩れが見えてしまったあのとき、なぜかすべてが嫌になってしまったのだ。

生まれてくる子どもと、その母親となる彼女のために、早く離婚してやりたい。それが、もう二度と愛してると告げることはできなくなった彼女への、最後の愛情のつもりだった。

「なんだよ、気になることでもあるのか」

圭祐が尋ねると、理恵子は笑顔で首を振る。

「ううん。まぁ……いろいろ考えたりするけど。この前も家具のことで雅志とちょっと喧嘩したし」

「家具なんか何でもいいだろ。お前、たまには雅志くんのこと立ててろよ」

「わかってる。ま、男には嫁入り前の女の微妙な心なんかわかんないよね」

首を竦めた理恵子の表情が愛嬌に溢れていたので、圭祐は噴き出してしまった。腕時計に視線を落とし、コーヒーを最後まで飲み干して、伝票を手に立ち上がる。

「次の会議があるから、先に出る。またな」

「うん。ありがとう」

礼を言った理恵子に首を振って、圭祐は喫茶店をあとにした。オフィスのある向かいのビルに向かいながら、ふと瑞の顔を思い出す。

同居は、上手くいっていると思う。祥子も理恵子も心配しているようだが、このままいけば二月末まで何事もなく過ごせるだろう。

そういえば、瑞と暮らすのもあと二ヵ月ほどなんだな……と思い、なんとなく寂しいような気分になって、圭祐は思わず笑ってしまった。最初はあんなに気が進まなかったのに、いつの間にか二人暮らしに馴染んでいることに気づいて、ちょっと可笑《おか》しかったのだ。

「……」

頭を振って柄にもない感傷的な気分を振り払うと、圭祐は歩行者信号が点滅し始めたのを見上げ、向かいの歩道に駆け込んだのだった。

＊

「……」

電子体温計に表示された数値を眺め、圭祐はため息をついた。電源を消してその辺に置き、瑞に渋面《じゅうめん》を向ける。

「だから俺は言ったよな。バイト休めって」

「……ごめんなさい」

「言わんこっちゃない。あのとき休んでりゃ、寝込むこともなかったんだよ」

我ながら説教くさいとは思ったが、言わずにはいられない。一週間ほど前から咳をしている瑞に、もう数えきれないほど何度も「一日くらいバイト休んで静養しろ」と言い続けたのだから。

「……」

シーツを引っ張り上げ、申し訳なさそうな顔を半分隠してしまった瑞をちらりと見やったとき、サイドボードに置いていた圭祐の携帯電話が震え出した。手を伸ばし、会社からであることを確認して通話ボタンを押す。

「椎名です」

『あ、桑原です。椎名さん、休暇大丈夫ですよ。栄光《えいこう》制作さんとの打ち合わせは、神田《かんだ》さんが行くって』

「そう、サンキュ。神田に今度奢《おご》るって言っといて」

　昨晩遅くに瑞がついにダウンしたとき、明日は起きられそうもないと予想して、スケジュールを確認しておいたのだ。今日の圭祐は打ち合わせが一件入っているほかはすべて内勤だったので、あっさりと休むことができた。外回りがない日の方が珍しいから、ラッキーだったといえる。

『椎名さん、午後からとか来ます？』

　尋ねた桑原に、圭祐は首を振りながら応えた。

「行かない。なんで」

『えー。一つ、椎名さんに相談に乗ってもらおうと思ってる企画があるんですけど』

「そんなの青山か誰かに見てもらえよ。お前なぁ、いい加減人に見てもらう癖どうにかした方がいいぞ。そんなんじゃ、いつまで経っても独り立ちできないぜ」

『でもー…。椎名さん、いっつもそう言うけど、前に一回だけ見てくれたじゃないですか』

「それはお前がまだうちのチーム来たばかりのとき」

　あっさりと切り捨てた圭祐だったが、電話口の向こうで消沈しているのが伝わってきたので、ため息をついた。

「とりあえず、デスクに置いといて。明日見るから」

『やった！』

喜んでいる桑原にやれやれと肩を竦めて、通話を切る。携帯電話を閉じたところで、ベッドの中の瑞が、もの言いたげにこちらを見ていることに気づいた。目で問いかけると、瑞は風邪のせいで掠れた声で尋ねる。

「まさか、圭祐さん……会社休むの？」

「だってしょうがないだろ。お前がこんなだし」

携帯電話をローボードに置きながら言うと、瑞が慌てた様子で上体を起こした。首を振り、圭祐に指を伸ばす。

「そんな――いいです、ただの風邪だから。寝てたら治るし、圭祐さんは会社行ってください」

「そういうわけにいくかよ」

「いいえ、会社が――」

「いいんだよ、もう休むって言ったんだ。こんな状態のお前置いて出社したことがおふくろにばれたら、何言われるかわかったもんじゃない」

「……」

そう言うと、瑞は黙り込んでしまった。責任を感じている表情にため息をついて、圭祐は立ち上がると、瑞の肩を布団に押し込む。

「いいから寝てろ。ごちゃごちゃ言う暇があったら、大人しくして早く治せ」

「ごめんなさ……」

「わかってると思うけど、俺に移したら殺す」

平身低頭に詫《わ》びる瑞に、最後にわざとそんなふうに言うと、プッと噴き出された。それを合図に話を打ち切って、圭祐は乱れた瑞の前髪を軽く梳く。

毛布を口許まで引っ張り上げてやると、瑞はしばらく天井を見つめていたが、やがて小さな声で話し出した。

「……圭祐さん、会社でコマーシャル作ってるんですよね」

「まぁ……それだけじゃないけど、ひと口で言うとそんな感じ」

「そっかー。かっこいい仕事ですよね」

感嘆の息をついた瑞が、本気で尊敬しているようだったので、照れくさくなった。顔を見なくてすむように床に直接座り、瑞が寝ているベッドに背中を預けるだらしない恰好で、圭祐は苦笑する。

「舞台裏は、そんな恰好いいもんでもないけど」

「でも、すごいいな。……いいなぁ、憧れる」

独り言のように呟かれた台詞は、これまでにも散々言われていることだった。タレントや芸能人と会えるのかとか、高給取りなんだろうなとか、夜な夜な豪華接待が繰り広げられているのかとか。学生時代の友人たちと久しぶりに飲み会をすると、その手の質問が必ず出る。

けれど、瑞はそういう意味で誉《ほ》めたのではないらしい。

「ほら、俺って……自分で何か作ったり、表現したりするような仕事ってしたことなくて。今までやったことあるバイトって、新聞配達とか、レストランの厨房とか、あと伝票の入力とか」

「……」

「誰でもできる仕事だから、未成年の俺でも雇ってもらえたんだとわかってるけど……やっぱり圭祐さんみたいな仕事に憧れるのも事実だし」

微かに笑う気配がして、その瞬間、圭祐の胸の奥が針で刺されるように痛んだ。

せっかく高校に入学したのに一年も通えないまま退学し、毎日アルバイト三昧だったという瑞。確かに、圭祐も高校から大学時代はアルバイトに明け暮れていた。けれど、それは自分の小遣いを得るためだったり彼女が欲しくて出逢《であ》いを求めるためだったりで、瑞のように悲愴感に駆られながら生活費を稼いでいたわけじゃない。

「……」

自分も天井を見上げ、圭祐は低い声で尋ねる。

「お前さぁ、なんで高校行かないの？　学費はうちの親が出すって言ってるんだし、行きゃいいのに」

「……」

「今のままじゃ、一生そういう仕事しかできないぜ？　好きでやってるなら俺も否定はしないけど、やりたいことがほかにあるなら、もうちょっと今を大事にしてもいいと思うけどな」

以前も同じことを言ったが、今回はもう少しだけ深くまで突っ込むと、瑞は小さな声で呟く。

「……別に、そんなに勉強が好きなわけじゃないから」

「高校って勉強だけするところじゃねぇだろ。同い年の友達と遊んだり、部活やったり——バイトなんか幾つになったってできるけど、高校生活は無理だぜ。通信制とかあることはあるけど、せっかくだから十代の今のうちに通っときゃいいのに」

「……」

圭祐の問いに、瑞は黙っていた。

もう寝たのかと思い、圭祐が首だけ捻じ曲げて見ると、瑞は相変わらず天井を見上げていた。普段より少しだけ紅い頬は幼くて、紛れもなく自分よりもひと回り年下なのだと意識する。

じっと見つめると、視線に気づいたらしく、瑞が大きな目を瞬かせた。圭祐の方は見ずに、ぽつんと呟く。

「……お金が、必要だから」

「……なんで」

「父さんや母さんがあちこちから借りたまま、返してないお金がたくさんあるから」

理不尽さや寂寥《せきりょう》感はまるで感じられない淡々とした口調に、圭祐は僅かに目を瞠る。

瑞がそんなことを考えているとは、まったく思わなかった。祥子に聞いた話では、瑞自身が負った借金はないはずだ。瑞は未成年だから名義を貸しているものは一つもないし、両親が他界したときも、借金しかない遺産の相続を放棄している。

それにだいたい、親の借りた金の総額は、十七歳の瑞が一生かかっても返せるようなものではない。

てっきり、自分のために貯金に励んでいるのかと思っていた。呆れていた圭祐は、ふと、あることに気づく。

「……お前まさか、おふくろから振り込まれる小遣いとか生活費とか、返済に充ててるんじゃないだろうな？」

「……」

答えがないことが、予想が当たっていたことを物語っていた。道理で、新しい服の一枚も買わず、未だに携帯電話も持たない生活を送っているわけだ。

今度こそ本気でため息をついてしまい、圭祐は中腰になると、寝ている瑞の顔を覗き込む。

「月に数万ずつって、それこそ焼け石に水だろうが。そもそも、そこまでして親の借金返したいと思ってるんだったら、もう少し先のことまで見ろよ。俺に言わせりゃ、十七の今からちょろちょろ返済するよりも、とりあえず高校出てまともなところに就職して、それから計画立てた方がなんぼかましだぞ。今のままじゃ、就職なんか難しい。今、たった数万返すために、フリーターで一生返済し続けることになるのは目に見えてる」

「……」

「とにかく、高校行けよ。いろんな奴と付き合って、勉強したり遊んだり——もちろんバイトもやって、そうしてるうちに考え方も変わってくると俺は思うけどな」

「……」

じっと見つめる視線の先で、瑞は天井を眺めたまま圭祐とは目を合わせず、やがて瞼を閉じた。ふるふると小さく首を振って、毛布を頭まで被ってしまう。

案外頑固な性格に嘆息して、圭祐は毛布を少し引くと、瑞の顔だけ出してやった。不安そうな顔に胸が切なくなり、思わず言葉に詰まってしまって、安心させるように首を振る。

「わかったよ、もうこの話は終わりだ。……お前、薬服《の》んだ？」

口調を変えて尋ねると、瑞はほっとした様相で控えめな笑顔を見せた。

「いえ。でも、平気。寝てたらすぐ治るから」

「ちょっと若いからって舐《な》めてるだろ。俺に対する挑戦かよ」

わざと冗談っぽく言ったのに、瑞は慌てた様子で首を振る。その顔に噴き出して、圭祐は立ち上がった。

「自慢じゃないけど、俺も歳の割には風邪知らずなんだよな。薬の買い置きなんかないから、今から買ってくる。すぐ戻るから」

「そんな、いいです。圭祐さん——」

「気にすんな。治ったら部屋中の窓ガラス全部拭いてもらうから。それでチャラにしてやるよ」

年末ぎりぎりまで仕事をしていて、大掃除なんかここ数年やっていない。去年も例年と同様だ。

圭祐がそんなふうに言うと、瑞は目を丸くして、それから小さく笑った。布団の中で頷き、約束する。

「わかりました。全部拭いとく」

「外側もだぞ」

「うん」

風邪のせいか、瑞の声が少し嗄《か》れていて、いつもと違う新鮮な感じがした。視線を合わせ、どちらからともなく微笑《ほほえ》んで——やがて圭祐がドアに向かったと同時に、瑞が小声で呟く。

「圭祐さんって、優しいね」

「……っ」

その台詞に思わず立ち止まり、ドアノブに手をかけていた圭祐は胡乱な眼差しで振り返った。

「俺のこと優しいなんて言うの、お前だけだぞ」

「……そう？」

「そう。もう少し人見る目を持った方がいいぜ」

そう言うと、瑞は少しの間圭祐をじっと見つめ、それからふっと睫毛を伏せる。

「……優しいよ」

それきり黙ってしまった瑞に、圭祐も何も言わなかった。瑞の部屋を出て静かにドアを閉め、そのまま凭れかかる。

高校に行けと言ったのは、二度目だった。今回も頑《かたく》なに拒んだ瑞を思えば、もう言っても無駄だろう。二月に瑞がここを出て、椎名の実家に行けば、環境の変化から気持ちが変わるかもしれない。

圭祐にしてみれば、今の瑞の考え方や生き方は無駄以外のなにものでもなかった。どのみち借金返済を目指すなら、将来まで見据えた上で計画を立てることも必要だと思うのだ。

ただ、法的な責任はなくても親の借金を息子の自分が返そうという瑞の決意は、圭祐にはいじらしく映った。

「……」

まぁ仕方ないか……と内心で呟き、祥子たちと同居するようになれば事態も変わるかもしれないと思うことにして、圭祐は自分の部屋に向かった。クローゼットからコートを取り出して羽織り、薬を買いに出る。

外に出た瞬間、ぴゅうっと冷たい風が襟足を撫でた。思わず首を竦め、寒空の下を近所のドラッグストアに向かいながら、こんなことをしてやっている自分をなんだか不思議だと思った。

当初の予想とは裏腹に、ひと回りも下の居候に対する気持ちはいい方向に向かいつつある。重荷に感じて、鬱陶《うっとう》しく思っていた頃は遠く、今の圭祐は努力家で芯《しん》が通った瑞に好感を抱いていた。精神的には自立しているし、年下ということを笠《かさ》に着て甘えてくることもない。

けれど、だからこそ、歯痒く思う瞬間があるのも事実なのだ。若さゆえの頑ななまでの潔癖な精神を好ましく思う一方で、世の中は綺麗事や理想論だけでは渡っていけないものだということを、ひと回り年上の圭祐は嫌というほど知っている。

ドラッグストアの自動ドアを潜り、ずらりと並んだ風邪薬の箱を手に取って検討しつつ、圭祐は無意識のうちに苦い笑みを口許に浮かべていた。

同居は上手くいっている。けれど、完全に馴れ合えたというには程遠い。苦労した分、瑞には幸せになってほしいと願う気持ちは本物なのに、届かない。

そう——さっきの一幕のように。

「……」

オレンジ色の風邪薬の箱を手にしたまま、圭祐はしばし、ぼんやりとその場に佇《たたず》んでいたのだった。

翌日、圭祐はどうしても出社しなければならず、瑞の看病をさせるために祥子を呼んだ。瑞はもう大丈夫だと言い張ったが、念のためだと強引に言い含めた。

前日休んだ分まで働いて、夜遅くにマンションに帰ったとき、瑞はもう寝ていた。ただ、祥子は帰らずに夕食を作って待っていてくれた。久しぶりに母親の手料理を食べ、懐かしい気持ちになった。

祥子は頻《しき》りに、瑞がいい子だと繰り返した。瑞の現状をどの程度把握しているのかはわからないが、可哀想だとかこれからは幸せになってほしいなどと、何度も言った。

同情ばかりを口にする祥子に、圭祐は特に同調することもなく黙って聞いていたが、自分が瑞にしてやれることは何なのだろうと、ぼんやりと思ったのだった。

＊

「……？」

平井が作成した撮影スケジュール表を見ていた圭祐は、ふと眉を寄せた。デスクの引き出しを開け、ファイルを取り出す。

打ち合わせのときに使っていた暫定版と、平井が責任者となって作った決定版を見比べたあと、圭祐は平井のデスクに視線をやった。そこに主《あるじ》がいないことを見て、二枚の表を手に立ち上がる。

「ちょっとごめん。平井、知らない？」

平井の隣に座る社員に尋ねていると、背後で笑い声が聞こえた。平井の声だったような気がして振り返ると、予想通り、平井がほかの女子社員と談笑しながらこちらに向かって歩いてくる。

「あ……戻ってきたみたい。平井ー、椎名が呼んでる」

「あっ」

圭祐の姿を認め、平井が駆け寄ってきた。圭祐は平井のデスクに二枚の表を並べると、彼女を座らせて傍らに立ち、ある一箇所を指す。

「これ、安達《あだち》機材。スケジュールから抜けてるけど、間違いなく押さえてるんだよな？」

尋ねると、傍目《はため》にもわかるほど平井がさっと青褪《あおざ》めた。しまったという顔に、圭祐も顔を顰める。

「今すぐ電話しろ。もう来週だぞ、今から変更はできないんだ。何が何でも予定つけてもらえ」

「はい……っ」

半泣きの顔で受話器に手を伸ばした平井にため息をつき、圭祐は自分のデスクに戻った。隣席の社員に喫煙ブースに行くと告げて、携帯電話と煙草を手にフロアを出る。

観葉植物に囲まれたブースには、先客がいた。

「あ、椎名さん。休憩？」

気さくな声をかけてきた桑原に首を振り、圭祐は一本咥えると火をつける。

「ちょっと席外したかったから」

「えー。こっそり手出した女の子が騒いでるとか。同じフロアで二股《ふたまた》かけてて、それがばれたりして」

「馬鹿言え。何度も言ってるだろ、同業はお断り」

うんざりした顔で煙を吐き出し、桑原と二人でしばしの休息に浸る。先日発表されたばかりの他社作品について話していると、ちょうど一本吸い終わる頃、顔色を失った平井がやってきた。

平井が真っ青になって来るのは、予想していた。だからこそ、わざわざ隣席の社員に行き先を残しておいたのだ。

「椎名さん――どう……どうしよう、安達さん、今から来週なんて絶対無理だって」

「……で?」

「で、って……。椎名さん、安達さんに何とか取り繋いでもらえませんか。椎名さんだったら、向こうだって頼み聞いてくれると思うんです、私が電話しても――」

蒼白《そうはく》な顔で震えて訴えてくる平井に、圭祐は吸い終えた煙草を灰皿に押し潰しながら言う。

「どうしようって、それをどうにかするのはお前の仕事だろ。平井、撮影スケジュールに漏れがあるの、これで二度目だよな。一度目で懲りたんじゃなかったのか」

「すみません!」

「俺に謝っても仕方ないだろ。一回の電話で断られたのを真に受けて、すぐに泣きつくんじゃねぇよ。死ぬ気で頭下げて、向こうが了承してくれるまで粘るくらいの根性見せろ」

今にも泣きそうな顔の平井に、圭祐は壁に凭れていた背中を起こすと、びしっと強い口調で言った。

「泣くのはあと。泣く前に頭下げろ。すぐに泣きつけば誰かが助けてくれると思ったら大間違いだ。そんなに甘くない」

「……い」

「周りの目が気になって小声でぼそぼそ謝ってたら、向こうだってプライドあるから頷くわけない。恥を捨てて、電話で誠心誠意謝って交渉しろよ。自分のミスは自分で始末つけろ」

「はい」

がっくりと項垂れた平井が、フロアの方に戻っていく。

「……」

圭祐が二本目の煙草を咥えたとき、今まで黙って成り行きを見ていた桑原が、くすくす笑いながら言った。

「なんか、椎名さんって変わりましたよね～」

「何が」

「優しくなった気がする」

その台詞に思わず咥えた煙草を噴き出しかけると、桑原も新しい一本をボックスから引き抜きながら首を傾げる。

「優しい……っていうのとはちょっと違うかな。でもほかに言葉が思いつかない」

「……」

微妙な気分になり、圭祐は煙草に火をつけると胡乱な眼差しで桑原を眺める。桑原は苦笑して、肩を竦めた。

「憶えてます？　一週間ほど前に椎名さんが休暇取ったとき、企画書見てほしいって頼んだこと」

「あぁ。それが？」

「あのとき思ったんですよねー。以前の椎名さんだったら、取りつく島もなく『自分でやれ』で終わりだったと思う」

慣れた仕種で灰を落として、桑原は平井が去っていった方向を眺める。

「今の平井ちゃんのだって、前の椎名さんだったら間違いなく、『わかった、俺から言っとく』で終わりですよ。平井ちゃんには特にお咎《とが》めなしで。で、次から平井ちゃんを黙ってチームから外すの」

「……」

「安達さん、去年のコーテク飲料のポスターの一件で、椎名さんに借りがあるじゃないですか。椎名さんから電話一本入れれば安達さんは絶対に断れないだろうし、椎名さんにしたって平井ちゃんに謝らせるよりもそっちの方が早いし楽だし」

「……」

「それなのに、わざわざ自分で後始末させるなんて。昔の椎名さんだったら、そんな親切じゃないですよ。平井ちゃんはきついこと言った椎名さんを恨むかもしれないけど、時間が経てば感謝するでしょ。一回目のときに椎名さんがフォローしてくれたからあんまり痛い思いしてなくて、今回また繰り返したんだろうし。……なんていうのかな、以前の椎名さんってそうやって後輩を育てるところが全然なくて、やりたきゃ自分で這《は》い上がってこいって感じでしたよ。ここ最近ですよね、面倒見よくなったのって」

「――…」

桑原の言うことは筋が通っていて、圭祐は何も言えなかった。

言われてみれば、確かにそうだ。以前だったら甘えるなと簡単に切り捨てたところを、最近は面倒だと思いながらも付き合ってやっている。

「喫煙ブースに来た理由も、わかりましたよ。平井ちゃんが客先に頭下げるところを武士の情けで見ないようにするためでしょ？ これで平井ちゃんがちゃんと安達さんの予定もぎ取ってきたら、水に流して次も同じチームでやるんでしょ？ それって、やっぱ『優しい』ってことになるんですかね～。さっきの怒り方見てたら、優しいっていうのとは程遠いけど」

「……うるさいよお前も。ぺらぺらと」

顔を顰めて、圭祐はほんの数口吸っただけの煙草を灰皿に押し潰した。首を竦めた桑原に手を上げて、ゆっくりとした足取りでフロアに戻る。

確かに、自分は変わったのかもしれない。

歳のせいだろうか、と思いかけた瞬間、圭祐の脳裏には瑞の顔が鮮やかに浮かび上がった。境遇や年齢差を意識せず、最初から自分と対等な大人の対応を望んで――マンションのベランダでひと騒ぎあったあの日、それではいけないことに気づいた。

相手の立場を慮《おもんぱか》ること、弱者に手を差し伸べてやること。瑞に接する態度を変えようと思ったときから、自分の中で何かが変化したのかもしれない。それは決して圭祐の望む変化ではなく、むしろ甘ったれだと嫌悪してしまう類の弱さなのだけれど。

「……」

複雑な表情で自分の席に戻り、圭祐は受話器を手に見えない相手に何度も頭を下げている平井の背中をぼんやりと見つめたのだった。

＊

凍りつくような一月中旬の夜、圭祐《けいすけ》は足早にマンションを目指して歩いていた。

駅を出るときに時計を確認したところ、午後の十一時まであと少しというところだった。朝が早い瑞《みずほ》はもう寝ているかもしれないと思いつつ、一刻も早くあたたかい部屋に辿《たど》り着こうと足を早める。

エントランスの灯《あか》りが見えてきて、突風を避けるために俯《うつむ》きがちにしていた顔を上げた圭祐は、ふと立ち止まった。見覚えのある影が、エントランス前の植え込みのブロックに腰掛けていたからだ。

「……？」

目を凝《こ》らしながら近づくと、影はやはり瑞だった。同世代の少年と並んで座り、両手で缶を握り締めている。

声をかけようとした圭祐は、その瞬間、瑞が破顔して隣の少年の肩を叩《たた》いたのに動きを止める。

――圭祐の前では一度も見せたことのない、年相応の幼っぽさを残す笑顔で、瑞は少年と談笑していた。

「……で、加瀬《かせ》は？」

「職員室呼ばれて、めちゃくちゃ怒られてた。帰ってきたときは涙目だった」

「あははっ、なんか情景が目に浮かぶー」

「だろー？　加瀬も馬鹿なんだよ、なんで志望校に東大《とうだい》とか書くかな」

「っていうか、東大って書いたことよりそれを冗談だと決めつけられて呼び出されたっていう方がキツイよー」

「確かになー。プライドずたずただよな。プライドあればだけど」

「うわ、園田《そのだ》の方がキツイかも」

身を捩《よじ》って笑い、目尻《めじり》に浮かんだ涙を拭《ぬぐ》って――そのとき、瑞が圭祐に気づいた。はっとしたように立ち上がり、小さく目礼する。

「圭祐さん、お帰りなさい」

「――…」

さっきまでの屈託のない笑顔は、もうなかった。同じ笑顔ではあったものの、友達と思《おぼ》しき少年に向けていた打ち解けたものではなく、年長者の家主に対するものだった。

誰だよ、と言いたげに圭祐と瑞の顔を見比べている少年を立たせ、瑞は圭祐に紹介する。

「圭祐さん、友達の園田。俺が……通ってた高校で、一年のとき同じクラスだったんだ」

「……そう」

「園田、さっき話した椎名《しいな》圭祐さん。俺のはとこなんだけど、部屋に置いてくれてるんだ」

瑞の言葉に、園田が頭を下げる。とはいえ、目は圭祐の方を見たままなので、顎《あご》を突き出すような会釈だ。その仕種《しぐさ》はいかにも十七歳の少年らしく、やはり瑞の行儀のよさは特殊だと思いながら、圭祐も無言で会釈を返した。

三人の間に沈黙が落ち、白い息だけが霧散していく。夜の空気は冴《さ》えていて、耳が切れそうなほど痛い。

全員マフラーをしているが、ロングコートの圭祐とダッフルコートの園田に比べ、圭祐が十年以上前に着ていたブルゾンを羽織っているだけの瑞はいかにも寒そうだった。いったいどれくらいの間ここで話をしていたのだろうと思い、圭祐は口を開く。

「そんなとこで、寒いんじゃないのか」

「あ……、そんなことないです。さっき来たところだから」

瑞のいつもの敬語が、やけによそよそしく聞こえた。瑞自身に変化があったわけではなく、園田と喋《しゃべ》っているときの様子を見てしまったからそう感じるのだとわかっていたが、ちらりと不快感が込み上げてきたのは否めなかった。

訝《いぶか》しげな圭祐の視線を何と思ったのか、瑞は順を追って説明しはじめる。

「園田、予備校帰りなんです。ほら……二年の終わりだし、みんなそろそろ受験の準備とかしてるみたいで。それで、教室が終わって帰るところだったらしいんだけど」

「……あぁ」

「たまたま、俺がバイトしてるコンビニに立ち寄って。レジで顔合わせて初めてお互い気がついたんですけど、すごい偶然に二人でびっくりして。俺がバイト終わるのが十時だったから、園田がそれまで待っててくれて、いろいろ話しながら帰ってきたんです」

にこにこと説明した瑞の頰《ほお》は、冷たい空気のせいだけではなく上気していた。久しぶりに友達に会えて、本当に嬉《うれ》しかったらしい。

それきり、会話は途絶えた。

自分が帰ってきたことをきっかけに、瑞も園田と別れて部屋に戻るのかと思ったが、せっかく再会できた旧友とはもうしばらく話していたいらしい。その場から動こうとせず、突っ立ったままの二人を見て、圭祐はふっと視線を逸《そ》らしながら言う。

「……そこ寒いし、部屋に上がってもらえば？」

「え？　いいです、だって——」

「俺は別に構わないけど」

そう言うと、園田の方が口を開いた。

「杉本《すぎもと》、そうさせてもらお。俺も遅くなるってさっき電話したし、もうちょっと杉本と話したいし」

「うん、……」

「すみません、お言葉に甘えます」

会釈したときの態度からあまり礼儀正しくない子どもだと思っていたのだが、実際はそうでもないらしい。はきはきと言い、今度はきちんと頭を下げた園田を見て、圭祐は黙って頷《うなず》くとエントランスに足を踏み入れる。

メールボックスを探り、ロックを解除して、三人で無言のままエレベーターに乗った。部屋に着いてドアの施錠を外し、先に少年二人を通す。

「すっげー…」

靴を脱ぎながら感嘆の吐息を零《こぼ》した園田は、圭祐を振り返って笑顔を見せた。

「椎名さん、すげーとこ住んでるんですね。いいな、広告代理店勤務って。かっこいい」

「……言うほどのもんでもないけど」

しきりに羨《うらや》ましいと繰り返す園田は、瑞から圭祐のことをあらかた聞いたようだった。あちこちきょろきょろ見回しながら、リビングに向かう。

圭祐がコートを脱いでいると、素早くマフラーを外した瑞が言った。

「圭祐さん、コーヒー淹《い》れますね。園田もコーヒーでいい？」

「いいよー」

物怖《ものお》じしないのか、すっかり寛《くつろ》いだ様子の園田を見やりつつ、圭祐は首を振る。

「俺はいらない。先にシャワー浴びるから」

「そう……ですか」

「あぁ。俺のことは気にしないで、二人で話せよ」

それだけ言い残し、圭祐はリビングを出た。ドアを閉める間際、園田の声がする。

「よかったじゃん、杉本。椎名さんいい人そうだし、こんなとこ住んでるし。杉本のこと思い出すたびにどうしてるのかなって心配してたけど、……」

続きを聞きたくなくて、圭祐は足早にバスルームに向かった。

なんとなく、どうして園田が最初胡散臭《うさんくさ》そうな顔でこちらを窺《うかが》っていたのか、わかったような気がした。

園田はおそらく、かつてのクラスメートが心配だったのだ。瑞は携帯電話も持っていないし、家も焼け出されてしまったから、連絡を取りたくても取れなかったのだろう。久しぶりに再会して、今は親戚《しんせき》の家に居候していると聞き、苛《いじ》められたり冷遇されたりしてはいないかと、家主である圭祐がどんな人間なのかわかるまでは警戒していたに違いない。

瑞にとっては、とてもいい友人だといえる。一年近く顔を合わせていなかったのに、夜のコンビニで対峙《たいじ》した瞬間誰だかわかり、その不遇を慮《おもんぱか》って、現在はどんな暮らしをしているのだろうかと気にかけている。たった数ヵ月しか高校に通えなかった瑞が、その短い期間で園田のような友人を得られたというのは、喜ばしいことだ。

けれど、保護者として嬉しく思うべきだとわかっている一方で、腹立たしくて仕方ないのも事実だった。

ジェネレーションギャップを感じながらも会話を持とうとし、その肩に背負った重荷から醸し出される独特の雰囲気に辟易《へきえき》しながら同居して、傷ついた彼が少しでも心を開いてくれればいいのにといつしか願うようになった。それでも、五ヵ月近い生活の中で僅《わず》かに近寄ったかに見えた距離は、同年代の友人の前ではひどく薄く、脆《もろ》いものでしかなかった。園田の登場により、圭祐はそれをはっきりと痛感してしまったのだ。

緊張感の欠片《かけら》もない、十七歳らしい素直な笑顔で園田と喋っていた瑞を思い出し、言いようのない不快感が込み上げてきて——…。

「——…」

鏡に映った自分の顔が、目許《めもと》を僅かに歪《ゆが》めていることに気づき、圭祐は無言で拳《こぶし》を握り締める。

――言葉では表現できない、このもやもやとした感覚は、紛れもない嫉妬《しっと》だった。

その正体が見えかけた瞬間、圭祐は素早く鏡から視線を逸らし、首を振る。努めて淡々とした手つきで服を脱ぎながら、内心で自分に言い聞かせた。

同性の、それも遠縁とはいえ血の繋《つな》がった血縁に抱くべき感情ではない。嫉妬したように感じたのは、恋愛感情のそれではなく、手塩に掛けて育てた子どもが他人に懐くのを見るのと同じようなものだ。五ヵ月間、慣れないながらも圭祐なりに心を砕いてきたことが、目の前に現れたたった一人の少年によって虚《むな》しく思えてしまっただけなのだ。

見えかけたものを正視したくなくて、圭祐は意識的に別のことを考え始めた。週末までのスケジュール、来週から始まる企画。仕事のことだけ考えるようにしながら、手早くシャワーを浴びる。

パジャマを着ようかと思ったが、園田がまだいるかもしれないことを考慮して、やめた。寝室に向かい、クローゼットから服を取り出す。ラフなシャツにパンツ、それにセーターを着てリビングに行くと、そこでは瑞と園田が盛り上がっていた。

さっきはダッフルコートを着ていたのでわからなかったが、園田は学ラン姿だった。瑞よりも背が高くて大人びて見える彼だったが、学生服を着ていると圭祐の目にはやはり幼く映る。

今までとは別の意味で、瑞との年齢差を意識した。

瑞に比べて自分が歳《とし》を取っているとか、瑞が若すぎるとか、そういうことではなかった。ただ純粋に、五ヵ月間も同居してもどこか二人を隔てていた溝が未《いま》だにあるように、年齢差から来る価値観の違いのようなものを感じた。今までのような、瑞と自分だけを比較するのではなく、園田という客観的な物差しが現れたせいだ。

「あ、圭祐さん」

瑞が立ち上がり、キッチンに向かう。

「コーヒー飲みますか？　それとも冷たいものの方がいいかな」

「……ビール取って」

「はい」

素直な返事が聞こえ、瑞が缶ビールを持ってくる。プルタブを押し上げながら、圭祐は所在なげに、帰ってきたときにリビングの戸口に置きっぱなしにしていた鞄《かばん》を取った。蓋《ふた》を開けて、中から封筒を取り出す。

背中から、二人の会話が聞こえてきた。

「そうだ、安藤《あんどう》憶《おぼ》えてる？」

「安藤……？　ごめん、ちょっとわかんないかも」

「ほら、五月のオリエンテーションで班長やった安藤だよ。背が高くて、眼鏡《めがね》かけてて……」

「あ！　わかった。日程表をパソコンで作ってきてくれた奴？」

「そうそう、その安藤。あいつ、パソコン好きが高じて情報処理部立ち上げてさ。頭いいし、今は生徒会の会計やってるよ。たぶんいい大学行くんじゃないかな」

「ふぅん。すごいなー」

二人の会話は、もっぱら高校のことのようだった。たった半年しか在籍していなかったのに、かつてのクラスメートがどうしているのか瑞にも興味があるらしく、熱心に聞いている。

「でさ、……」

園田が続けようとしたとき、大人気《おとなげ》ない不愉快さはピークに達していた。封筒の中から企画書を取り出しながら、圭祐は醒《さ》めた声で言う。

「ずいぶん遅いけど、時間大丈夫なのか？」

「え？　——あっ」

圭祐に言われて初めて気づいたらしく、瑞がDVDデッキのデジタル時計を見て声を上げた。園田はまだ平気そうだったが、心配気な顔をして立ち上がる。

「ごめん園田、こんな遅くまで。俺、全然気がつかなかった」

「あー、俺は大丈夫だよ。塾のあと、ダチとファミレスとかで答え合わせしてて遅くなることだってあるし」

「そうなの？」

瑞が首を傾《かし》げたのと同時に、圭祐はダイニングテーブルに企画書を放《ほう》りながら言った。

「本人がよくても、親がそういうわけにもいかないだろ。また別の日に来てもらえ」

「う、ん……」

瑞が戸惑いがちに頷く。その様子を見て、圭祐は内心で舌打ちしたくなった。上がれと言ったのはこっちなのに、ほんの二十分ほどで前言を翻し、今度は帰れと言っているのだ。瑞が唖然《あぜん》としても仕方ない。

「そうだな。杉本、また来るわ。椎名さん、長居してすいません」

圭祐の雰囲気から、時刻が問題なのではなく帰ってほしいと思っていることがわかったのだろう、園田がそそくさと立ち上がる。ダッフルコートに袖《そで》を通し、マフラーを首に引っかけて学生鞄を拾い上げると、瑞に向かって笑みを見せた。

「じゃあ杉本、また。ケータイ……は持ってないんだったな。俺の番号教えとくから、暇ができたら電話して」

「うん。勉強とか、忙しくないの？」

「へーキへーキ。まだ二年だし。毎週日曜の夜は空手習いに行ってるし、月・木は塾だから駄目だけど、それ以外はいつでもいいよ」

言いながら、園田は鞄から筆記用具を取り出した。ルーズリーフを一枚取り出し、携帯番号をさらさらと書くと瑞に渡す。

大股《おおまた》で玄関まで行く園田を、瑞が、続いて圭祐が追った。

「なんかごめん、あの……」

まるで追い出したような恰好《かっこう》になってしまったことを詫《わ》びる瑞に、園田は笑顔で首を振り、圭祐に向かって頭を下げた。肩に掛けていただけのマフラーを巻き、ドアに手をかける。

「お邪魔しました。杉本、またな」

「うん」

「これから、塾のあと毎回コンビニ寄るから。杉本も電話かけてくれよな」

「うん。絶対かけるよ」

親しげな笑みが、ドアの向こう側に消える。

しん……と玄関に沈黙が落ち、圭祐は廊下に凭《もた》れかかった姿勢のまま、腕を組んで視線を逸らした。ひと回りも年上なのに、偶然の再会を純粋に喜ぶ少年たちにしたことは、大人のするそれではなかった。閉まったドアをいつまでも見つめている瑞の背中をちらりと見れば、つまらないことで嫉妬して、子どもじみた癇癪《かんしゃく》を起こしたような自分がひどくみっともなく思えた。

しかし、瑞がその場に佇《たたず》んでいたのは、名残惜《なごり》しかったからではないらしい。

「……圭祐さん」

「……何」

醒めた声で聞き返すと、寒々しい玄関にぽつんと突っ立っていた瑞が振り返った。ついさっきまで友人と楽しく喋っていたとは思えない悲愴《ひそう》な顔で、圭祐に謝罪する。

「うるさくしてごめんなさい。怒らないで」

「――…」

「ごめんなさい……っ」

何度も謝り、瑞は目を瞬かせた。その瞳が必死で縋《すが》っているのを感じて、大人気なかった態度を自覚している圭祐は思わず目を伏せる。

圭祐の反応に、よほど怒っているのだと思ったのだろう、瑞が小走りに寄ってきてセーターの袖を摑んだ。

「もう――友達はここに上げません。つい甘えて、図々《ずうずう》しく」

「違うって言ってんだろ。別に怒っちゃいねぇよ」

「でも」

痛いほど真剣な眼差《まなざ》しで、瑞は圭祐に言い募る。

「嘘《うそ》だよ、怒ってる。ごめんなさい……、もうしないから。仕事で疲れて帰ってきてるところに、友達とうるさく騒いだりしない……っ」

「だから違うって言ってんだろ！」

不機嫌になってしまった理由を説明するわけにもいかず、早くこの話を終わらせたかった圭祐は、思わず大声で怒鳴っていた。瑞がびくっと肩を竦ませ、セーターから手を離す。

大きな瞳が頼りなげに翳《かげ》っているのを見て、ひどく後味の悪い思いが胸に広がった。傍《はた》から見れば、どう考えたって悪いのは圭祐だ。いい歳をして、瑞のただの友達に嫉妬して、それを告げられずに頑《かたく》なに違うと言い張るだけ。これでは瑞だって途方に暮れてしまう。

瑞がなんとかとりなそうとしているのは、ほかでもない、ここを追い出されたら行き先がないからだ。だからこんなに必死になって、許しを請うているにほかならない。

「——悪かった」

切羽詰まった顔をこれ以上させたくなくて、圭祐は謝った。これでもう終わりにしてほしかった。危うい一線を超えてしまう前に、胸の奥に潜む想いに瑞が気づいてしまう前に、ここはお開きにしてほしい。

けれど、瑞は謝罪の言葉だけでは安心できなかったらしい。圭祐が不機嫌になった唐突さや、そもそも原因となった園田を上げるよう促《うなが》したのが圭祐自身だったことを考えれば、もっと納得できるような説明が必要なのは明らかだった。

案の定、瑞は再び圭祐のセーターに縋りつき、懇願する。

「俺が悪かったんです。もうしません、だから」

「瑞」

「お願い、嫌わないで……っ」

ぎょっとするような台詞《せりふ》が飛び出し、圭祐は絶句した。

不機嫌になったのは事実だが、きっかけは些細《ささい》なものだ。何もここまで悲愴感漂う展開になるものではない。

「嫌うって、お前」

思わぬ台詞に反射的に呆《あき》れた声を出した圭祐は――その瞬間、こちらを見つめる瑞の揺れる瞳に、はっと息を飲む。

年下の、まだあどけなさの残る瑞の双眸《そうぼう》には、紛れもなく自分と同じ恋情が潜んでいた。

「――…」

頭から冷水を浴びせられた気分で、圭祐は咄嗟《とっさ》に視線を落とした。自分のセーターを握り締める瑞の指が滑稽《こっけい》なほど震えているのを認め、意外な真実に呆然《ぼうぜん》とする。

怒られたくない、嫌われたくない、ここを出て行きたくない。それは予想していたが、瑞の本意は違うところにあったのだ。ここを追い出されたくないのは次に行くあてがないからではなく、ただ単に、圭祐の傍《そば》を離れたくないだけなのだ。

いつから瑞がそんな気持ちを抱いていたのか、まったく気がつかなかった。

「圭祐さん……」

縋るようだった瑞の声が弱々しくなり、その響きに胸が震えた。たった五ヵ月――けれど、同居ならば決して長くはないその五ヵ月は、恋に落ちるには充分すぎる時間だった。目まぐるしいスピードで、瑞がここに来てからの記憶が脳裏を過《よぎ》っていく。

お仕着せの笑顔から、素顔の笑みへ。少しずつ語られる、彼の考えていること。恰好いいと誉《ほ》められて、優しいと感謝され、そして今は、こんな眼差しを向けられている。自分だけを映し、痛いほどのひたむきさで、出て行けと言わないでくれと訴えられている。

「瑞、……」

瑞の両肩を摑《つか》めば、その頼りない細さにびっくりした。今までは何気なく触れていたところにも、好意を意識してしまってからは、もう指を伸ばせない。すぐに肩から手を離し、圭祐は眩《まぶ》しいほどの瑞の真っすぐな視線を見ていられなくなって、目を伏せた。

「本当に、怒ってないから。……ちょっと仕事で苛々《いらいら》してて」

「……圭祐さん」

「むしゃくしゃしてたから、つい当たった。……悪かった」

なんとかそれだけを絞り出して、圭祐はそっと、セーターを握り締める瑞の手を取った。

慎重に引き剝《は》がし、口を開く。

「今からしばらく仕事するから。一人に……して、くれないか」

「……」

掌《てのひら》の中で、摑んだ瑞の指先から徐々に力が抜けていく。仕事の八つ当たりというのが言い訳で、本当の理由はもっと別のところにあるのではないかと、瑞は疑っているようだった。

それも当然だろう、圭祐は同居を始めてから今まで、仕事のトラブルを持ち込んだことが一度としてなかったのだから。

けれど、強引に切り上げようとする圭祐に、これ以上何を尋ねても無駄だと悟ったらしい。しんと静まり返った玄関に、しばし、互いの呼吸だけが微《かす》かに響いた。

「……はい」

やがて、瑞は小さな声で呟いた。それを合図に、圭祐も摑んでいた手を離す。瑞が一歩身体を引き、少しの間があって、それから去っていく足音が聞こえた。すぐ傍の自分の部屋に行ったのだろう、ドアが閉まる音が響く。

瑞の目は、最後までまともに見ることができなかった。

年上であることを理由に一端《いっぱし》なことを言うくせに、正面切って対峙することもできなかった自分を情けなく思い、圭祐は奥歯を嚙《か》み締める。

瑞を傷つけることはわかっていても、こうするしかない。——それも言い訳だと、知っていても。

「……」

つい今し方まで瑞の手を摑んでいた指を握り締め、圭祐はそのまましばらく、玄関に立ち尽くしていたのだった。

＊

「椎名《しいな》、まだ帰んないの」

「え？　あ……あぁ、まあ」

声をかけてきた青山《あおやま》に曖昧《あいまい》な返事をして、圭祐は読みかけの企画書をデスクに置く。

青山は主《あるじ》のいない隣の席の椅子《いす》を引くと、放り出された企画書を手に取ってパラパラ捲《めく》りながら言った。

「どうしたんだよ、なんか最近遅くまで残ってるじゃん。……あ、ひょっとして。預かってるっていってた親戚の子、家に帰ったわけ？」

何気ない口調で聞かれ、圭祐は一瞬だけ、視線を宙に泳がせる。

「……いや。まだいる」

「じゃあなんで」

「来たばかりの頃、脚を骨折してたんだよ。で、しばらくは松葉杖《まつばづえ》だったんだけど」

「あぁ、なるほどね。もう杖が取れたから、身の回りの世話してやらなくてもすむようになったってことか」

皆まで言わなくても、青山は都合よく解釈してくれた。企画書を圭祐のデスクに戻し、立ち上がる。

「遅く帰っても問題ないようだったら、今度飲みとかどう」

「あぁ、行く。誘って」

「オッケー。じゃあ適当に見繕《みつくろ》っとくわ」

最後は同僚ではなく悪友の笑みを見せ、青山は「お先に」と手を上げるとオフィスを出て行った。

デスクに一人残り、圭祐は椅子を軋《きし》ませて背筋を伸ばす。天井を見上げ、瞼《まぶた》を閉じれば、眉《まゆ》が自然と寄ってしまうのがわかった。

瑞が園田を上げた日から、三日が経《た》っていた。

その間、圭祐は一度も瑞と一緒に夕食をとらなかった。瑞が来たばかりの頃と同じように、残業ばかりして帰宅時間を遅らせ、食事はすべて出来合いですませた。

しかし、あの頃と違うのは、瑞も同じようにしていることだ。

「……」

ギシ、と椅子を鳴らして、圭祐は天井に向かってため息をついた。時刻はもうすぐ日付が変わろうというところだ。多忙な人間が多いオフィスだが、さすがに残業している社員はあまりなく、ずいぶん離れたところにぽつぽつと蛍光灯が点《とも》っているだけだった。さぼっているなら早く帰れと言う人間がいないのをいいことに、しばらくその姿勢でぼんやりとする。

——瑞と、顔を合わせたくなかった。

遠縁とはいえ血の繋がりがあって、しかも男同士だ。本心はどうであれ、惚《ほ》れたの何だの言えるような間柄では間違ってもない。

瑞が自身の恋にまだ気づいていない今なら、引き返せる。

どうせ、瑞があの部屋にいるのもあと僅かだ。来月の末になれば出て行くのだし、わざわざ波風を立てることもあるまい。少しずつ距離を置いて息を潜め、約束の日になれば実家に送り届けて、そしてもう忘れてしまえばいい。

一度恋に落ちると、そのことしか考えられなくなる若い頃とは違う。仕事の比重を重くして、気を紛らわせる術《すべ》を身につけている。

そう自分に言い聞かせ、圭祐はそっと目を閉じた。しかし、今の自分の表情が苦渋に満ちていることには気づいている。

瑞は、圭祐がまだ怒っているのだと思っているらしい。あれからも何度か謝られたが、都度圭祐が怒っていないと繰り返すと、やがて何も言わなくなってしまった。謝っても違うと言われ、そのくせ距離を置かれていては、言うべき言葉が見つけられないのだろう。

ほとぼりが冷めるまでは静かにした方がいいと思っているのか、圭祐の帰宅が午前を回るようだと、起きて待っていることはない。でも、先に就寝しているのではなく、自分の部屋にこもっているだけなのはわかっていた。アルバイトで忙しいだろうに、せめて少しでも早く怒りを鎮めようとしているのか、掃除や洗濯などの家事は前以上にきちんと二人分やってある。

距離を置かれた本当の理由を知らない瑞は、許しの言葉を待っている。それは嫌というほどわかっているけれど、そうするわけにはいかないのだ。あのマンションに独りぽつんと残されて、瑞がひどく消沈し、胸を痛めていることは知っていても、心を鬼にして気づかないふりをすることしかできない。

好きだと告げるのは、間違っているのだ――同じ気持ちを抱いている瑞が、どうして自分に何も言ってこないのかを考えれば、結論はその一つしかない。同性だから、はとこだから。想いを伝えること自体が間違っているのだと、瑞自身もちゃんとわかっているのだ。

だから……

仕事で苛々していただけ、もう怒ってなどいない。どうか、瑞もその言い訳を信じたふりをしてほしい。

そうすれば、残りあと一ヵ月ほどになった同居生活は綺麗《きれい》に終えることができる。

「……」

うっすらと瞼を開ければ、蛍光灯の光が眩しかった。緩慢な仕種で腕を目の前に翳《かざ》し、目を眇めて逆光になっている文字盤を眺める。深夜0時を回っているのがわかり、圭祐はそろそろ帰ろうと息をついた。

ロッカーから取り出したコートを羽織りながら、エアコンの入っていない寒い部屋に帰るのは億劫《おっくう》だとうんざりして――思わず、失笑してしまう。

瑞が来る前は、それが当たり前の生活だったのだ。

「お先に失礼します」

「お疲れ～」

離れたところにいる社員に声をかけてオフィスをあとにして、圭祐は憂鬱《ゆううつ》な気分で帰路についたのだった。

＊

なんとなく寝つけなくて、圭祐はベッドから上体を起こすと枕元《まくらもと》に手を伸ばした。サイドボードに置いてある携帯電話を手に取り、時刻を確認すれば、深夜二時を回ったところだ。

瑞と距離を置き始めて、もう一週間になろうとする。昨日と同じように一時前にマンションに帰り着き、それからシャワーを浴びたりしていたから、ベッドに入った時間からまだそれほど経っていない。ずいぶん長い間ベッドの中で苛々していると思っていたが、実際はさほどでもなかったらしい。

「……」

気分転換でもするかと、圭祐はパジャマ姿のまま寝室を出た。廊下を進み、リビングのドアを開ける。

しかし、無人のはずのリビングには灯りが煌々《こうこう》と点っていた。

「……圭祐さん」

パジャマ姿でフローリングの床に直接座り、テレビを観《み》ていた瑞が、驚いた顔で呟《つぶや》く。

努めて避けていたから、顔を合わせるのは久しぶりだった。ほんの少し前までは毎日見ていたのに、ひどく懐かしい気分になった。

「……まだ起きてたのか」

「……すみません。ちょっと、テレビ観たくなって。圭祐さんは？」

立ち上がった瑞は、ぎこちない笑みを浮かべてそう言った。両手でパジャマの裾《すそ》を引っ張るようにしている瑞の背後に視線をやれば、通信販売の番組が流れている。こんなものを観たくてわざわざリビングにいるとは思えない。

「俺は……ちょっと喉《のど》渇いたから」

眠れないために気分転換しに来たのはお互い明白なのに、どちらもそれを言えなかった。

気まずい沈黙が訪れ、圭祐は努めて平静を装いながら、隣接するキッチンに向かう。

冷蔵庫から水の入ったペットボトルを出し、ひと口だけ飲んだ。まだ寒い二月の頭、さっきまで無人だった部屋は凍りつくように寒い。特に飲みたいわけでもなかった冷たい水は、ひと口含めば充分で、圭祐はすぐにボトルを冷蔵庫にしまう。

リビングに戻り、圭祐はリモコンを操作してエアコンをつけると、瑞に言った。

「瑞、ここにいるならエアコンつけろ。風邪引くから」

その言葉に、瑞は慌ててテレビを消して首を振る。

「もう寝ます」

「いいって。……まだ寝たくないんだろ。お前の部屋、何も娯楽がないんだから、もうしばらくここで時間潰《つぶ》しとけ」

「いえ、……はい。でも、エアコンはいいです。すぐ部屋に行くから」

遠慮がちな台詞に、圭祐は思わずむっとした。園田の前では屈託なく笑っていたくせに、自分に対してはいつまでもこうだ。好きだからという理由だけではなく、居候させてもらっているという負い目も一因なのは間違いない。

最初に、素っ気なく接してしまったからだろうか。それとも、年齢差のせいだろうか。いつまで経っても心を開いてくれない、どんなに近づいても溝は埋められないまま。もどかしいその距離感はときに腹立たしく、圭祐はリモコンを取ろうとする瑞をかわすべく、身体を捩《ねじ》ってリモコンを持っている右手を遠ざけた。

「なんでそんなに遠慮するんだよ。エアコン数時間でさえ、俺に悪いと思ってるのか？」

つい、乱暴な言い方になった。もともと大きな瑞の目がさらに大きく見開かれ、しまったと思うよりも早く、瑞が首を振る。

「違います。そんなんじゃなくて、ほんとに――」

瑞がいつまでも一線を引いたままなのは、こういう些細なひとコマひとコマが原因なのだ。

それはわかっているのに、この前見た園田と喋っていたときの笑顔がちらちらと過るたび、不快な気持ちが込み上げてきてしまう。このままではまずいと思い、距離を置こうとしているのはこちらなのに、心から打ち解けようとしない瑞ばかりを責めてしまう。

自分に舌打ちしたい気持ちで、圭祐はリモコンをローテーブルに置いた。しかし、すかさず瑞がそれに手を伸ばしたので、反射的に取り上げる。

そのときだった。

「あっ――」

ソファとローテーブルの狭間《はざま》という狭い場所でリモコンを取り合っていたせいで、瑞が脚をローテーブルの角にぶつけ、鋭い声を上げる。慌てて腕を引こうとした圭祐は、ほんのちょっとぶつかっただけの瑞が、すごい勢いで倒れ込んだのに目を見開いた。

「ちょっ……瑞！」

「……っ、……」

「どうしたんだよ、おい！　骨折したとこ打ったのか⁉」

蹲《うずくま》ったまま、声もなく小刻みに震えている瑞の背中を撫《な》で、圭祐は血相を変えて詰問した。

尋常ではない痛がりように、不安が膨れ上がってくる。

「瑞、大丈夫か？　瑞」

声をかけ、圭祐は瑞の身体を起こした。突然起こったトラブルの前では、体裁を取り繕う余裕もない。この一週間、どこかよそよそしかった二人は、一瞬だけ前と同じ距離感に近づく。

ソファに背を凭れさせたが、瑞はテーブルにぶつけた左足を両手で抱え込んだまま、一言も発さない。松葉杖を使っていたときも一度も苦痛を訴えなかった我慢強い瑞だから、この反応は相当痛いに違いないと思い、血の気が引いた。

「ちょっと見せてみろ。骨が脆くなってて、また皹《ひび》が入るなんてことあるのか……？」

もしそうだったら大事だと、瑞の手を引き剝がして左足を摑み——そこで圭祐ははたと気づく。

瑞が折ったのは右足だったはずだ。

「や、圭祐さ——」

「いいから！」

拒絶して手を振り回す瑞を制し、圭祐は手早く左足のパジャマの裾を捲った。そして現れた脚を見て、息を飲んだ。

「瑞、これ——……」

「……っ」

左足の膝下《ひざした》から足首の辺りにかけて、触れるのも躊躇《ちゅうちょ》してしまうほどの火傷《やけど》の跡が痛々しく広がっている。火が燃え盛る家から脱出したことは知っていたし、火傷を負ったことも聞いていたが、直接見たのは初めてだった。まさかこれほどひどいものだったとは思っていなかった圭祐は、言葉を失って口唇《くちびる》を震わせる。

醜い火傷の跡に、嫌悪感はなかった。ただ、こんなに跡が残るほど火災が凄《すさ》まじかったことを知り、背筋が寒くなった。

今は普通に立ったり歩いたりしている瑞だが、まだ傷が完全に癒《い》えてはいないのだろう。素人目《しろうとめ》にも、そこの皮膚が全体的に薄いのは見て取れた。ただちょっとテーブルにぶつかっただけなのに、その場に崩れてしまうほど痛がっていた理由がわかる。

脹《ふく》ら脛《はぎ》の外側が赤くなっているのに気づき、圭祐は目を眇《すが》めた。おそらく、ここをぶつけたのだ。

逡巡《しゅんじゅん》し、労《いたわ》るようにそっとそこに触れた瞬間、瑞が再び暴れ出した。

「やだ……っ、圭祐さん、離して」

「じっとしてろ、何か冷やすもん持ってくるから――」

「いらない、いらないから離して……っ」

じたばたと脚を蹴《け》り上げる瑞に閉口して、圭祐は摑んでいた足首を離す。瑞は顔を真っ赤にして、慌《あわ》ただしい手つきで捲り上げられたパジャマの裾を直そうとした。

しかし、慌てていたせいで、テーブルにぶつけたところに触れてしまったらしい。

「いっ……」

息を飲み、それでも闇雲《やみくも》に裾を引っ張る手を摑んで、圭祐は掠《かす》れた声で呟く。

「いい、瑞。俺が直すから」

「触んないで！」

「……瑞」

きつい口調に差し伸べた手を止めると、瑞ははっとしたように顔を上げた。圭祐の視線の先で、目許がぐにゃっと歪む。

今にも泣きそうな顔に動揺していると、瑞は消え入りそうな声で言った。

「……ないで」

「え？」

「見ないで……」

弱々しく呟いて、瑞は自分の掌で火傷の跡を隠そうとする。けれど、左足の膝下一面に残った無惨な跡は、二つの掌で覆いきれるものではなかった。

今の態度で、やはり瑞は間違いなく自分を好きなのだと確信した。触れられることに怯《おび》え、所々皮膚が引き攣《つ》れたようになっている傷跡を躍起になって隠すその姿は、紛れもなく恋をする者のそれだ。

「……」

震える肩を見下ろして、やがて圭祐はそっと手を伸ばし、瑞の脚から手を引き剝がす。落ち着いた所作でパジャマのズボンを直して、傷を隠してやった。

立てた膝の上で腕を組み、瑞はそこに突っ伏したまま、顔を上げずに呻《うめ》く。

「……さんには、……圭祐さんには見られたくなかった」

「……瑞」

「ごめんなさい」

顔を見せられないことに対してか、それとも醜い傷跡を晒《さら》してしまったことに対してか、瑞は蚊の鳴くような声で謝罪した。その瞬間、言葉にできないほどの切なさが込み上げてきて、圭祐は瑞が抱えている膝ごと、すべてを抱き締める。

「圭祐さ……」

驚いたように顔を上げた瑞の襟足に頰を寄せて、圭祐は黙って背中を撫でた。

凍りつくような冴えた空気の中で、薄いパジャマ越しに瑞の体温が感じられる。寝る前にシャワーを浴びたのだろう、自分と同じシャンプーの香りが仄《ほの》かに鼻腔《びこう》を擽《くすぐ》った。年下の、非力で頼りない少年を、こんなに愛《いと》しく思ったのは初めてだった。

ときおり戦慄《わなな》く背中が、撫でているうちにだんだん鎮まってくるのが可愛くてたまらなかった。ひと通りの生活力を身につけ、不遇な過去を感じさせまいと明るく振る舞う芯《しん》の強さがあるくせに、自分の前でこんなに脆くなってしまったのを見て、胸が引き絞られるように疼《うず》いた。

　少しだけ上体を起こし、瑞の両頬を掌で包み込む。黒目がちの大きな瞳が、戸惑いを色濃く映し出しているのをやっと正面から見つめ返し、圭祐は掠れた声で囁《ささや》いた。

「隠さなくたっていい。たかが傷跡くらいで、嫌いになったりするわけないだろ」

「……っ、……」

「この前から、悪かったよ。俺がずっとあんな態度だったから、不安だっただろ。……でも、追い出されるんじゃないかとか、俺に嫌われたんじゃないかとか、そういうことは考えなくていい」

　こちらを見つめる瑞の目が、圭祐の台詞に大きく見開かれた。長い睫毛《まつげ》が震えているのに、圭祐は腹を括《くく》る。

　瑞は自分に恋をしている。自分だって、瑞を可愛いと思っている。心を開いてくれたと思ったときは嬉しく感じ、ただの友人と親しげに喋っているところを見ただけで、どうしようもないほど腹が立った。一緒に暮らし始めてから、少しずつ性格が変わってしまうほど、もう二人でいることに馴染《なじ》んでいる。

　男同士でも、はとこでも。瑞が未成年でも、倫理的に認められない関係だとしても。自分に疎まれることに瑞がこんなに怯え、苦しんでいるのなら、それは些細な障害だ。二月末まではなく、瑞が望むだけ、ここにいてもいいのだと教えたい。

今度こそ、どうしてそうなのかという理由もはっきり告げて――ずっと不遇な目に遭ってきた彼に、自分の傍でだけは安心してもいいのだと伝えたい。

若く未熟だからこその澄んだ瞳を見つめ、圭祐はゆっくりと言った。

「……好きなんだ」

「――……」

短い一言に、瑞の口唇が微かに震える。

信じられないと言いたげな眼差しに、圭祐は重ねて言った。

「男同士だし、遠縁だし、言うつもりはなかった。だから最近、距離を置いてたんだ。……不安にさせて、悪かった」

謝ると、瑞は掠れた声で呟く。

「……なんで、いつから……」

「いつからだろうな」

首を傾げ、圭祐は言葉を選びながら慎重に語った。

「最初は気が進まなかった同居だったことは、否定しない。俺は下の子の面倒を見るのが苦手だし、わかっていて直せない自分に開き直ってもいる。でも、しばらく一緒に暮らすうちに、瑞のことは可愛いと思うようになったんだ。……俺が手を貸さなくても一人で何でもできるし、強くて前向きだし、責任感の強いところはすごく気に入ってる。もう少し上手《うま》くこの生活を続けていくにはどうしたらいいかなんて柄にもないことを考えて、そのうち俺自身も少しずつ変わって――所帯染みたり自由を奪われたりするのは大嫌いだったのに、瑞が素直に笑った顔を見せるたび、そういうのも悪くないと思うようになって」

「……」

「俺の前で恥じることは何もないんだ。堂々としてりゃいいんだよ。俺はそういうお前が好きで……好きだからこそ、俺にできることは精一杯してやりたいという気持ちになるんだから」

「……」

恋愛ごとに長《た》けた女性が相手ではないから、圭祐は丁寧に、大事に言葉を紡いだ。男同士で、歳が離れていても、本気だと受け取ってもらえるように。

瞬きもせずに、瑞は呆然と圭祐の顔を眺めていた。

やがて、長い沈黙のあと、言葉を探すようにゆっくりと口唇を閉じたり開いたりする。

じっと待っている圭祐の前で、ひくっと嗚咽《おえつ》が零れて――しかし、ようやく流れてきた言葉は、圭祐が望むものとは違っていた。

「……嘘」

「嘘じゃない」

「嘘です」

闇雲に首を振り、瑞は圭祐から目を逸らして俯く。

瑞の両肩を摑み、圭祐は無理やり自分の方を向かせると、真剣な顔で逃げる視線を絡め取った。

「どうしてそんなふうに言うんだよ。お前も俺のことが好きなんだろ？」

「……、……」

「わからないと思うなよ。だから、俺はいったん距離を置いたんじゃないか」

諭すように語りかけ、圭祐は摑んだ肩をそっと揺すった。それでも瑞は首を振るだけで、その気持ちを口にしようとはしない。

普段より明らかに上気した頰が、瑞の様々な感情を如実に表している。驚きと、喜びと、紛れもない恋情。それなのに、自分が告げたのと同じ告白を引っ張り出そうとする圭祐の前で、瑞は頑なに否定し続けるだけだ。

しばらく待っていた圭祐だったが、やがて一向に素直になれない瑞に焦《じ》れた。摑んだ肩を引き寄せて、至近距離から瞳を覗《のぞ》き込む。

「……っ、ン」

澄んだ瞳が、驚愕《きょうがく》に大きく見開かれた瞬間――…

「……」

瞬きもせずに固まった瑞の口唇に、圭祐は自分のそれを重ねた。遊びでも本気でも、幾つもの恋愛を経験してきた圭祐は、言葉よりも身体《からだ》の方が相手の本音を読み取りやすいことを知っている。

「……、……」

触れた瞬間の口唇の戦慄き、抱いた肩の強張《こわば》り。そのすべては明確に、瑞も自分に恋をしているのだと教えてくれた。

そっと口唇を離し、圭祐はもう一度瑞の目を覗き込んだ。瑞は長い睫毛を伏せて、目を合わせようとしない。初めてだったに違いない、キスを受けた口唇を震える指先で押さえ、目許を歪める。

「瑞」

名前を呼ぶと、パジャマに包まれた細い肩がぴくんと震えた。恐る恐る顔を上げ、瑞はようやく圭祐と視線を合わせる。初めて見たときから綺麗だと思っていた黒い瞳は今は潤み、あっと思う間もなく涙が溢《あふ》れてきた。

手が早いことは自覚していたし、涙を見て咄嗟に罪悪感も浮かんだが、同時に、泣くほど嫌なのかという苛立ちも込み上げてくる。

「……なんで泣くんだよ」

「……っ、……」

「どうして」

問いかけても、言葉はない。嫌々をするように首を振る瑞に、そう気が長い方ではない圭祐はむっと眉を寄せた。やや乱暴に瑞の腕を引いて立たせ、リビングから連れ出す。

「圭祐さ……っ」

制止の声を無視して、圭祐はリビングの隣のドアを引いた。立ち入り禁止区域になっていたはずの寝室に、瑞の目がこれ以上ないほど見開かれる。ついさっきまで自分が寝ていたシーツの上に、圭祐は瑞の身体を押し倒した。

仰向《あおむ》けになった瑞の上に圧《の》し掛かり、吐息が触れそうな距離で尋ねる。

「俺のことが嫌いか？」

「……っ」

「嫌いでもなくて、どうでもいい普通の存在なのか」

「……がぅ」

違う、と弱々しい声で呟き、瑞はのろのろと首を振った。両腕で顔を隠そうとするのを許さず、圭祐は瑞の手首を摑むと正面から問いかける。

「じゃあ、好きなのか」

「――…」

最初の二つには否定したくせに、瑞は最後の問いに頷かなかった。強情な態度に焦れて、圭祐は掌を瑞の額《ひたい》に当てると、前髪を後ろに撫でつける。

現れた額に口唇を押し当て、パジャマのボタンを上から外していくと、瑞がぎょっとしたように身を捩った。

「圭祐さん、圭祐――」

「嫌だったらそう言え。本気で嫌なら、俺もやめる」

「……っ」

「言っただろ、俺はお前が好きなんだよ。全部見たいし、言葉だけじゃない方法でも可愛がりたいと思ってる。お前が拒絶しなかったら、俺は自分の本音に正直になるまでだ」

ひどいことを言っている自覚はあるし、事実、瑞がきちんと好きだと言えば無理強いはしないつもりだった。恋愛事に長けている圭祐は、瑞がまだ誰ともこういう経験をしたことがないということに、とっくの昔に気づいている。

触れたときや会話するときの所作がいちいち初心だし、清廉な雰囲気は魅力的ではあるものの、色気はまったく感じられなかった。大人と子どもの中間のような肉体も、瑞々《みずみず》しさを感じさせこそすれ、艶《なまめ》かしいというには程遠い。

そんな相手に対して、想いを告げたその端から、すべてを求めようとは思っていない。

ただ、本音が聞きたいのだ。その口唇で、好きだと囁いてほしい。そうすれば優しく抱き締めて、もう二度と不安になんかさせないと誓うのに。

「なんで……なんで」

けれど、瑞は圭祐の望む言葉ではなく、涙を零しながら違うことを口にした。

「こんな、こんなことになるなんて、思ってなかった……っ」

「……どうして」

「圭祐さんはもっと――もっと違う、綺麗で大人の女の人しか相手にしないって、そう思って、だから」

涙声で喚《わめ》き、瑞は圭祐の手から逃れようとシーツを這《は》い上がる。全身で逃げようと抵抗するくせに、言葉ではっきり拒絶することはない。たった一言、そういう相手として見ていないからやめてくれと言えば追及の手が止まるとわかっているはずなのに、不思議だった。

「ン……、っ」

深く口唇を合わせ、望まない言葉ばかりを溢れさせる瑞の口唇を塞《ふさ》ぐ。くぐもった声が零れ、冷たかった寝室の空気がほんの少し上昇した気がした。嫌がる瑞の頭を抱きかかえ、動けないように固定して、圭祐は思う存分口唇を貪《むさぼ》る。

慣れていない口唇が息苦しさにうっすらと開いた瞬間、圭祐は舌を滑り込ませた。ぎょっとしたように瑞が動きを止め、すぐに圭祐の胸を両手で押しやろうとする。

けれど、押し戻す力は弱々しく、動きも緩慢だった。迷いがたっぷり染みついている動作に、圭祐は瑞の手を捕らえて至近距離から大きな瞳を覗き込み、真剣な声で告げる。

「――そんなに嫌なら、もっと本気で抵抗しろよ」

「……って、だって」

「言い訳なんか聞きたくない。お前の正直な気持ちが知りたいだけだ」

「……っ」

首を振り、キスで腫《は》れた口唇を嚙んで――そのうち、瑞は全身の力を抜いてしまった。そっと瞼を閉じて、一切の抵抗をやめる。

細い首筋に口唇を寄せ、圭祐は強く吸いついた。ぴくんと跳ね上がる肩をシーツに押さえつけ、右手で残りのボタンを外しながら、徐々に露《あら》わになっていく肌に口唇をすべらせる。

「け……祐さん、……っ」

「……、……」

「……あっ、……」

ささやかな胸の尖《とが》りを歯で引っかけると、瑞が身動《みじろ》いだ。圭祐の頭を強く抱き締め、初めての感覚に戸惑ったような声を上げる。

けれどその目は閉じられたまま、圭祐を見ようとしない。閉じた瞼の端からは、透明な涙が次から次へと零れ落ちて、白いシーツに吸い込まれていく。

「……っ」

外気に晒され、刺激を受けたせいで尖ってしまった胸の先端を舌でちらりと舐《な》めると、瑞がぎゅっと抱きついてきた。圭祐の肩口に額を擦《こす》りつける。

甘えるようなその仕種は、間違いなく圭祐に対する恋情を溢れさせていた。

「……瑞」

やりきれない気持ちで、圭祐は骨の浮き出た瑞の身体を撫でた。脚だけではなく脇腹《わきばら》や肘《ひじ》にも、所々うっすらと火傷の跡が残っている。自分の身体のどこに忌まわしい爪痕《つめあと》が残っているのか熟知しているのだろう、圭祐の口唇がそこに触れるたびに、瑞は隠そうとするように身を捩った。

「や……やだ」

瑞が身体を浮かせた隙《すき》をついて、下着ごとパジャマのズボンを引き摺《ず》り下ろすと、さすがにはっきりした拒絶の言葉が零れた。全部脱がせてしまいたかったが、圭祐は片方の脚だけを抜いた状態で手を止めた。火傷の跡を瑞が気にしていることは痛いほどわかっていたので、右足だけを露わにし、掌で撫で上げる。

瑞は上体を僅かに起こし、濡《ぬ》れた目を揺らめかせて、現れた性器を手で隠した。

真っ赤になっている頬は、泣いたせいだけではなかった。その証拠に、圭祐が瑞の手首を摑んで退けると、欲望は半分ほど形を変え、先端にぷくっと雫《しずく》を結んでいた。

無垢《むく》な身体の中で、唯一肉欲を主張するその部分はひどく愛おしく、圭祐はそっと口唇を寄せる。

「あっ、やだ……、圭祐さ……っ」

「どうして」

「……っ、……」

同性を抱くのは初めてだが、不思議なことに嫌悪はあまり感じなかった。年若い未熟な肢体は瑞々しくて、清純だからこその色気を感じた。

「あ、……アッ」

切れ切れに上がる嬌声《きょうせい》に煽《あお》られ、久しぶりの情動が込み上げてくる。口腔《こうこう》内に深く含めば、瑞は堪《こら》えきれなかったらしく、ぴんと背筋を反らせた。腿《もも》の内側がひくひく震えているのが視界の端に映り、その瞬間、暴力的なほどの征服欲が腹の底から湧《わ》き上がる。

色気がないと思った自分が、信じられなかった。痩《や》せた、かつては自分もこんな印象だっただろう身体を抱き締め、同性の徴《しるし》を熱心に愛撫《あいぶ》する。若いそれはすぐに勃《た》ち上がり、張り詰めた先端からはとめどなく露を溢れさせた。

「駄目……、だめ」

与えられる感覚が鋭すぎるのか、制止の声は甘ったるい響きを帯びた。その拙《つたな》い口調にさえ燃えて、圭祐は思うままに口淫《こういん》を続ける。

「アッ」

快感に脚をびくんと跳ねさせた瑞が、左足からずり落ちかけたパジャマに気づいて手で押さえた。この期に及んで隠そうとする姿に、圭祐は黙ってパジャマの上から脛《すね》を撫でる。

「あ……っ、は……」

長い間苛め抜いてから口唇を離すと、ため息が聞こえた。微かな吐息に、背筋がぞくっとした。伸び上がって頬にキスを落とし、圭祐は掠れた声で囁く。

「綺麗だと思ってるよ」

「……」

ひく、と喉を震わせた瑞に告げて、圭祐は戦慄く薄い腹を掌で優しく撫でる。

「言っただろ。火傷の跡も、ここも、俺の前で恥じる部分はどこにもないんだ」

そう言うと、瑞は驚いたように目を瞠《みは》った。しばし圭祐を凝視して、それから睫《まつ》毛《げ》を伏せる。

「そんなこと、言わな……で」

新たな涙が零れ落ち、圭祐は困ってしまった。どうすればいいのか、本当にわからなかった。

病室で会ったとき、瑞は物怖じせずに初対面の圭祐に丁寧に挨拶《あいさつ》した。ここに来た当初も、圭祐とは温度差があってつらかったはずなのに、気丈に笑顔を作っていた。同年代とは違う道を歩むことになってしまったというのに、不満一つ零さずに働いて、少ない稼ぎの中から法的には義務のない借金を返していた。

それなのに、そんなに強い瑞はどうして、自分を前にするとこんなふうになってしまうのだろう。本音をはっきり言えず、容姿を恥じて、涙を零したりするんだろう？

「……好きだ」

圭祐が告げた愛の言葉に、瑞がぎゅっと目を閉じる。口唇を震わせ、何か言いかけて――けれど、結局言葉は封印されたまま、代わりに細い腕が圭祐の首に巻きついてきた。

ぴったりと抱き寄せられて、圭祐も瑞を抱き締め返した。頬擦りして、邪魔な髪を払いのけ、現れたこめかみに口唇を押し当てる。小さな脈動が口唇を通して伝わってきて、今の瑞がどんなに緊張しているかを教えてくれる。

濡れた指で下肢の狭間を弄《いじ》ると、瑞がびくっと背中を波打たせた。でも、もう抗《あらが》うことはなかった。圭祐にしがみつき、身体の中に指を迎え入れる。

「ぅ……ンっ」

「息吐いて、瑞」

「ふ……、――っ、あ、ン」

中を探るたび、小さな喘《あえ》ぎが部屋の空気に溶けていく。冬の寝室にいるというのに、いつしか二人とも汗をかいていた。指を増やし、路《みち》を作って、圭祐は瑞の濡れた口唇に何度もキスをした。

本当に可愛いと思っていると、少しでも伝わればいいと願いながら。

「あ、……っ」

丁寧に寛げた秘密の場所から指を引き抜き、自身の切っ先を宛《あて》がう。初心な反応に散々煽られて、そこは充分すぎるほど熱く漲《みなぎ》っていた。ゆっくりと、押すように身体の中に埋めていけば、瑞の細い肩がひくひくと痙攣《けいれん》する。

「あ、は……っ」

「……痛い？」

「……ん、……っ」

緩慢な仕種で首を振られ、痛みはないことにほっとした。それでも時間をかけて慎重に身体を進め、深くまで繋がっても互いが馴染むまで待つ。

「圭……け、さん」

うっすらと瞼を開けた瑞に見つめられ、官能と羞恥《しゅうち》の入り混じった瞳にどきっとした。劣情はそのまま埋め込んだ塊に直結し、体内で膨れ上がったそれに瑞が胸を喘がせる。

「あ、ぁ」

「瑞……」

「あ……、圭祐さん、……っ、あ、アッ」

小刻みに揺さぶると、切羽詰まったような嬌声が迸《ほとばし》った。芯が強いと思っていたのに、実は脆かった年下の少年を抱き締め、圭祐はなめらかな肌のあちこちに口唇を押し当てる。

「瑞……、瑞」

うわ言のように名前を口にして、その身体に所有の証《あかし》を刻みつけた。初めての身体はぎこちなかったが、精一杯応えようとしているのが健気《けなげ》だった。しがみつく、瑞の腕の強さは本物だ。きつく縋りついてきて、律動のたびに濡れた口唇が耳朶《じだ》に触れる。

「は、……ぁ、アッ」

苦しげな喘ぎが、胸を打った。まだ完成していない身体を抱くことに後ろめたさを覚え、それは同時に奇妙な倒錯を呼び覚ます。骨張った肢体は耐えられない快楽に悶《もだ》え、あたたかな粘膜は圭祐にぴったりと絡みついて蠕動《ぜんどう》した。

ひときわ深く穿《うが》ったそのとき、空気を切るような鋭い声が迸る。

「――…っ、あ、……っ」

「……っ」

「あ、はっ、……あっん、ン――」

限界が近い欲望を掌で揉《も》み込めば、瑞が艶かしく啼《な》いた。本能に衝《つ》き動かされるまま口唇を重ね、絶頂の吐息を飲み込む。掌全体で扱《しご》くようにすると、瑞は何度も身体を震わせて、圭祐の手と腹を熱い液体で濡らした。

きゅうっときつく絞り込まれ、圭祐も低く呻きながら、瑞の身体の奥深くに情熱を吐き出す。

「……、……」

荒い息をついて瑞の顔を覗き込めば、眉を寄せて口唇を微かに震わせている官能の表情が映った。圭祐の視線の先で、瑞の表情から徐々に力が抜けていく。うっすらと瞼を開け、細い息をついて、瑞はそっと圭祐に視線を合わせると指を伸ばしてきた。

頬に触れられて、吸い寄せられるように口唇を近づければ、瑞は素直に目を閉じた。深く口唇を重ね、舌を絡ませて、繋がったままの互いの身体を抱き締める。

「——瑞」

余韻にときおり震える背中を撫でて労りながら、圭祐は好きだと繰り返した。

汗ばんだ背中を抱き返してくれた瑞は、同じ言葉を返してくれなかったけれど——。

翌朝、圭祐は瑞よりも先に目覚めた。隣で眠るあどけない頬は涙の跡も痛々しく、圭祐は剝《む》き出しの肩にそっとシーツを掛けてやると、シャワーを浴びる。

コーヒーを飲みながら取ってきた新聞を眺めていると、微かな物音が聞こえた。瑞が起きたのだとわかり、少し時間を置いてから、圭祐はベッドルームに向かう。

「……瑞」

ノックして様子を窺うと、しばしの間のあと、瑞の声がした。そっとドアを開けて、圭祐は中に入る。

瑞は昨晩圭祐が脱がせたパジャマを着ていた。ベッドの上で上体を起こし、目を伏せている。

圭祐がベッドの端に腰掛けると、スプリングが軋む音が響いた。

「……昨夜は、悪かった」

「……」

謝ると、瑞はゆっくりと首を振った。やがて顔を上げ、圭祐の目を正面から見つめる。

昨晩は泣いてばかりだった瑞も、今朝はしっかりしていた。目許が赤く腫れぼったいのは仕方がないが、賢そうな瞳にはちゃんと理性が宿っていて、今ならきちんと話ができると思った。

しかし——どう言えば自分の本気が伝わるのかと圭祐が言葉を選んでいる隙に、瑞が先に口を開く。

「圭祐さん」

改まって名前を呼ばれ、顔を上げた圭祐は、続く瑞の台詞に愕然《がくぜん》とした。

「こんなことになって、もう俺はここにいられません」

「……え？」

思いがけない台詞に、圭祐はパジャマに包まれた細い腕を掴んだ。瑞は抵抗もせず為《な》すがままになりながら、目を伏せ気味にして圭祐と視線を合わせずに言う。

「今まで、本当にありがとうございました。圭祐さんがしてくれたこと、一生忘れません」

「待てよ瑞」

摑んだ腕を引き、圭祐は瑞に自分と目を合わさせると、掠れた声で聞いた。

「どういうことなんだ。昨夜のことは謝る。俺が悪かったと思ってる。だから——」

「……」

瑞が首を振ったのに、圭祐は黙り込む。

瑞は落ちてきた前髪をそっと手で押さえると、口唇を開いた。

「圭祐さんは、悪くない。俺、途中から抵抗なんかしなかった。本当にやめてほしかったらどうすればいいか、圭祐さんはちゃんと言ったけど、俺がそうしなかったから」

「……瑞」

「抵抗できなかったんじゃなくて、しなかったんです。だから圭祐さんが謝ることない」

「——…」

嫌ならやめると圭祐は言い、そして瑞は嫌だと言わなかった——今の瑞の台詞は、何故だか好きだと言えない彼の、隠れた告白だ。

「……瑞」

名前を呼び、圭祐はそっと指を伸ばす。表情を隠している前髪を梳《す》き、後ろに撫でつけるようにして、問いかける。

「好きだけど駄目だっていうのは、俺たちが二人とも男だからか？　遠縁とはいえ、血が繋がってるからか？　それとも、歳が離れすぎているせいなのか？」

口をついて出たのは、圭祐自身が真っ先に抱いた理由だった。何故なら、それ以外は考えられなかったからだ。互いに惹《ひ》かれ合っているのに認められない理由が、これ以外にあるなら教えてほしい。

「……」

明確な答えを口にせず、瑞は首を振り続けるだけだ。肯定もしなければ、否定もしない。

頑固な瑞に、圭祐もだんだん腹が立ってきた。煮えきらない態度は、圭祐が元来もっとも苦手とするものだ。今までは、年下であり保護の手が必要である瑞を慮り、圭祐なりに精一杯譲歩してきた。けれど、想いを告げても身体を重ねてもこの調子では、やりきれない。

「瑞」

腕を摑んだ指先に力を込め、低い声で答えを促すと、瑞は目許を歪めた。しかし、もう泣くことはなく、しばらく俯いたあと顔を上げる。

「ごめんなさい。圭祐さんのこと、すごく感謝してる」

「瑞……」

「行き先が見つかったら、すぐに出て行きます。今からでもいいって祥子《さちこ》おばさんが言ってくれたらそこに……、駄目だったら住み込みのアルバイトを探します。でも住み込みだったら保証人が必要だし、どっちにしても一度、祥子おばさんに連絡します」

——もう、何を言っても瑞の考えは変わらないのだと思った。

「……」

ふつふつと湧いてくる怒りに、圭祐は瑞の身体から手を離し、拳《こぶし》を握り締めた。やはり、手を出すべきではなかったのだ。同年代の賢い女なら何を考えているのかある程度の予想はついても、こんなに歳が離れた子どもの思考はさっぱりわからない。

けれど、そう思う傍らで、本当は違うとも思っていた。相手が子どもだからこうなったのではなく、瑞だから駄目だったのだろう。

思えば瑞は最初から、どことなく謎《なぞ》めいた雰囲気を持っていた。にこやかな笑顔でつらい過去を覆い、そのくせふとした仕種からは危うい儚《はかな》さのようなものが見え隠れしていた。大人しくて引っ込み思案かと思えば案外精神的に強かったりして、一つずつ瑞のことを知るたびに、圭祐は意外な気持ちになったものだ。

素直に見せかけて、実はそうじゃない。本心を決して明かそうとしない。他人が差し伸べた手に心からの感謝の言葉を口にして、けれど自分の意志は簡単には曲げようとしない。

「——、——…」

何か言いたかったが、要領がよく器用な圭祐にも、何も浮かんでこなかった。握っていた拳をそっとほどき、ゆっくりとベッドから立ち上がる。

　一度は愛した相手に最後にしてやれることを考え、圭祐は瑞の顔を見ないで話す。

「……住み込みのバイトは、探さなくていい。椎名の家に行けばいいから。おふくろには、俺から電話しておく」

「……」

「すぐに出て行こうとしなくても、都合がつくまでここにいたらいい。こんなことになったけど、俺はいきなりお前を追い出すつもりはないから」

　喋りながら、言いようのない虚しさが込み上げてくるのは消せなかった。これでは二年前と同じだ。結論は最初から出ていて、そこに向かっていく相手のために、最後の優しさを手向けるだけ。

　瑞と出会い、自分でも予想外の恋に落ちて、少しは変わった部分もあったと思ったのに。二年前と変わらぬ道を歩もうとしている自分はひどく馬鹿馬鹿しくて、思わず失笑してしまう。

　昨晩裸で抱き合ったときの昂揚《こうよう》が信じられないほど、今は疑問ややるせなさで胸がいっぱいで——ありがとうございます、という瑞の他人行儀な呟きに、圭祐は黙って口唇を震わせたのだった。

＊

会議が長引いたせいで、休憩時間は殆《ほとん》ど取れそうもなかった。会議室からいったん席に戻り、今まで使っていた資料をデスクの上に積み上げると、圭祐は次の会議の資料を引き出しの中から引っ張り出す。

青山がやってきて、圭祐を急《せ》かした。

「何やってんだよ椎名、早く」

さっきまでの会議は柏田《かしわだ》チームとして、次の会議は青山チームとしての参加だ。先の会議の実情を知らない青山が苛々して言うのに、圭祐も辟易しながら応える。

「悪い。前の会議が長くて」

「どこだよ。……あー、柏田さんのか。下請けで揉《も》めてるやつだろ」

「そう。ったく、いい加減にしてくれって言いたい。できないならできないと先に言やいいのに」

顔を顰《しか》めて、圭祐は青山に資料のコピーを渡す。

「五人分、余部含めて六部。悪いけど先に配っといて」

「あぁ。っていうかお前、これ自分でコピーしたのかよ」

次の会議で同席する青山が噴き出したのに、圭祐は憮然《ぶぜん》とした顔で手を振った。

「頼むより自分でやった方が早い。先行っといて、すぐ向かうから。――平井、スライド準備頼む」

「はい！」

青山を送り出し、平井に声をかけると、圭祐と同じく両方の会議に参加しなければならない平井は弾《はじ》かれたように立ち上がった。

しかし、すぐにはっとした顔で圭祐を振り返る。

「あの、スライドの順番整理がまだ――」

「やってなかったから、昨日俺が整理した。そのまま持ってきて」

「……すみません。あの、……」

「使えないのは撥《は》ねてあるから。企画書どおりに番号も振り直した。とにかくそのまま持ってきて、セッティングしといてくれたらいい」

「はい」

謝りながら、平井が器材をセットすべく、先にフロアを駆け出していく。圭祐が荷物を纏《まと》めて椅子を引くと、斜め向かいから桑原《くわはら》が話しかけてきた。

「なんか椎名さん、前みたいになってますよ。ちゃんと平井ちゃん教育しなくちゃー」

青山とは逆で、さっきの会議に出た桑原は次は無関係だ。慌ただしさから切り離され、のんびりした口調で言った。

「……」

茶化《ちゃか》した言い方に、圭祐は無言でノートパソコンの蓋を閉めた。そんなこと、言われるまでもなく自覚している。

――瑞がいなくなってから、二週間が過ぎていた。

その間、圭祐はこれまで以上に仕事に没頭した。昼前に出社してから夜遅くまで残り、残業仲間を誘って夜の街に繰り出した。

誰もいない部屋に帰るのが嫌で、それを紛らわせるために仕事に熱中しているふりを装っているだけだ。でも、ほかにどうすればいいのだろう。

あの晩の瑞を思い出すたび、胸が痛かった。泣いてばかりで、好きだとも嫌だとも言わないで、そのくせ途中で抵抗をやめて、強い力でしがみついて。翌朝になって出て行きたいと言われたときは、血の気が引いた。

瑞が何を考えているのか、さっぱりわからない。

寄せられる愛情は、確かに本物だった。それなりに場数を踏んできたという自負がある、向けられる好意に気づかないほど馬鹿じゃない。けれど、瑞の恋心は確信できているのに、それ以外がまったく見えない。

「桑原、さっきの会議報告書――」

「作っときます。これ以上椎名さんに仕事取られちゃたまんないもん」

肩を竦《すく》めて言った桑原に、圭祐はむっと眉を寄せる。でも、反論はできなかった。精神的に余裕がないことは自覚しているし、そんな自分に嫌気も差している。

さっきまでいたところとは別の会議室に入ると、圭祐は青山の隣の椅子を引いた。自分が作った資料をぱらぱらと捲り、そのうち手つきはだんだん鈍ってきて、やがてファイルを閉じてしまう。

「では、全員揃《そろ》ったので始めます。久遠《くおん》酒造さんの新商品、缶入りのアルコール炭酸飲料『氷菓酒』についてのコンペ作戦会議ですが、日程は……」

進行役の青山の声をどこか遠くに聞きながら、圭祐はぼんやりと、瑞の顔を思い浮かべた。

結局、瑞は椎名の家に行くことになった。どのみち理恵子《りえこ》が結婚してからはそうなる予定だったのだし、少し繰り上がっただけだ。当初は「未婚の女がいる家に、年頃の男の子を同居させるのはよくないから」という理由で圭祐宅に居候させることを決めた祥子も、今回はあっさりと引き受けた。何度か接するうち、瑞が問題を起こすような性格ではないと確信したのだろう。以前から抱いていた好印象が、一日だけ圭祐のマンションに来て看病したことで、確定的なものになったようだった。

時期を早めて実家に行かせる理由を、圭祐は仕事のせいにした。年度末が近づいて仕事が多忙になってきている、泊まり込みも珍しくなく瑞を一人にさせてしまう時間が増えると言えば、祥子は疑うこともなかった。

配られた見本の缶を手の中で弄《もてあそ》びながら、圭祐はやりきれないため息を零す。

明確な理由も言わずに瑞が出て行ったとき、最初は腹立たしくて仕方がなかった。けれど、それも一週間ほどのことだ。怒りが収まるにつれ、次に込み上げてきたのは寂寥《せきりょう》感《かん》と後悔で、圭祐は大人気なかった自分の行動を自省してばかりだった。相手は、今まで付き合ってきた大人の女ではなく、年端も行かない少年だったのだ。言葉より身体で伝える愛情もあるなんて、十七歳の瑞にしてみれば戸惑うだけだったろうに。

傷つけてしまったことは謝りたい。反省もしている。けれど、瑞の本当の気持ちも、その口唇で語ってほしい。

過ぎ去ったことだと流せずに、この期に及んでも理由を聞きたがっている自分が意外だった。過去は過去、と切り捨てて考えていたはずの日々が、ひどく遠く感じられる。

「いったん電気落とします」

平井の声が聞こえ、会議室の中が暗くなった。同時に、スクリーンにスライドが映し出される。

レンズからスクリーンまでの僅かな距離に、一筋の光が走っていた。綺麗に輝くその中には、よく目を凝《こ》らせばたくさんの埃《ほこり》が舞っているのも見えた。普段は見えないから気にも留めていなかったが、こうして目の当たりにすると、案外空気が汚かったんだなと認識する。

瑞も、たぶんそうだった。自分は彼の心にずいぶん光を射《さ》したと思う。それはひとえに愛しかったからで、もともと他人にあまり興味を払わない自分にそれ以外の理由はない。けれど、もしかすると、瑞はこの光によって自らの奥深くが暴かれるのを怖がっていたのかもしれなかった。

――圭祐さんには、見られたくなかった。

火傷の跡を晒してしまったとき、呻くようにそう絞り出した瑞の泣き顔は、目を閉じれば今も鮮やかに蘇《よみがえ》る。

苦い表情で、目だけはスクリーンを追いながら瑞のことばかりを考えて――不意に、圭祐は切れ長の目を瞠った。

「――…」

唐突に別れ話をされたのは二年前と同じだと思ったが、一つだけ違うことがあった。それは、別離ののちも圭祐自身が相手を想い、別れの理由に真摯《しんし》に向き合っていることだった。終わったことは、考えても仕方ない。今度は同じ失敗をしなければいい。そう豪語して生きてきたけれど、二年前に自省しなかったからこそ、同じような展開を自らの手で招いてしまったのではないだろうか。

――椎名さん、前みたいになってますよ。

さっきの桑原の台詞が、胸に痛く突き刺さる。

じっとスクリーンを見つめながらも、圭祐はしばしぼんやりと、今は実家にいるだろう瑞に思いを馳《は》せていたのだった。

＊

二月最後の日曜日――大安のその日は、晴天だった。

礼服に身を包み、白い絹のネクタイの歪みを直して、圭祐は鏡に映った自分の表情に目を眇める。

理恵子の結婚式が行われる本日、圭祐は新婦親族として出席予定だった。そして、瑞は招待されておらず、椎名家で留守番することになっていた。

まぁ、それも当然だろう。瑞は確かに親戚だが、遠縁だ。よほど親しい付き合いがない限り、招待される続柄ではない。

それに、理恵子の結婚式には、大勢の親戚が一堂に会する。金融会社だけでは追いつかず、親戚中の伝《つて》を頼って借金を重ねていた杉本家の、たった一人の生き残りが瑞だ。とても顔を出せるような状況じゃない。

「……」

頭を振って、圭祐は脳裏にちらちらと現れる瑞を追い払った。上着に袖を通し、マフラーを首に掛けて、その上から普段は着用していない高級コートを羽織る。

五日ほど前、理恵子から電話があった。三日後に、自分の結婚祝いを兼ねて婚約者の雅志《まさし》と家族全員で食事をするので、圭祐も来てくれないかという内容だった。

せっかく瑞に会える口実になったのに、ちょうどその日に出張の予定が入っていたため、圭祐は断るしかなかった。

せめて電話で瑞の様子を聞きたかったのだが、結婚を間近に控えた理恵子の口から出るのは惚気《のろけ》話ばかりで、瑞に関しては「家で元気にしてる」としか聞くことができなかった。いい子だし、弟ができたみたいで嬉しいと言った理恵子に、ほんのりと嫉妬心を抱いてしまったことは否めない。

「……」

またしても瑞のことを考えている自分に気づき、圭祐はため息をついた。そして、思わず苦笑してしまった。

一度だけ目を閉じ、そして今度こそ瑞の面影を消し去って、圭祐は努めて事務的にガスの元栓やガラス戸の施錠を確認し、マンションをあとにしたのだった。

会場となっているホテルに到着すると、二月とはいえ大安だからか、披露宴会場の案内板には結構な数のカップルの名前が書いてあった。ホテルマンの案内に従って新婦親族控え室に向かった圭祐は、そこでウェディングドレスを着て談笑している理恵子を見つける。

「お兄ちゃん！　遅かったじゃん、もう！　式まであと三十分だよ」

　圭祐の姿を見つけ、ぱっと笑顔になって近づいてきた理恵子に、圭祐は辟易しながら口を開いた。

「お前、元気いいな〜…。ろくに寝てないんじゃないのかよ」

「そんなの平気、このあと寝だめするし。これから一生に一度の晴れ舞台だもん、すごく緊張して眠いどころじゃないし」

　頬を上気させ、ハイテンションで喋る理恵子は、幸せそうでとても輝いていた。妹ながら可愛いと思ってしまった圭祐が苦笑いすると、違うことを思われたと感じたのか、理恵子が声を潜めて囁いてくる。

「大丈夫、私は一生に一度だけにするって決意してるから。お兄ちゃんとは違うんだから」

「はいはい。それ聞き飽きた」

「絶対、幸せになるって決めてるの」

　悪戯《いたずら》っ子のような眼差しでそう告げた理恵子が眩しくて、圭祐は目を瞬かせた。理恵子の耳許《みみもと》に口唇を寄せ、普段だったら口にしない台詞を、一度だけだと呟く。

「雅志くんと、幸せに」

「うん。……ありがと、お兄ちゃん」

理恵子が照れて肩を竦めたと同時に、ホテルの従業員が入ってきた。新婦と新婦のお父様以外の方はチャペルの方に移動してくださいと促され、控え室からぞろぞろと人が出て行く。

「——圭祐」

今まで父親と打ち合わせしていたらしい祥子がやってきて、圭祐は連れ立って隣接するチャペルに向かった。友人知人は既に着席していて、圭祐たちがいちばん前の親族席に腰掛けると、後ろからコピー用紙が回ってくる。

バージンロードの前方端に立つ、今日からは義弟となる雅志の背中を見つめ、がちがちに緊張しているのについ頬が緩んでしまった。そして——四年前の自分もあんなふうに見えていたのだろうかと思った瞬間、とっくに風化したはずの胸の感傷が、微かに切なく疼いた気がした。

賛美歌が印刷されたそれをぼんやり眺めているうち、オルガンの音が流れ、ざわついていたチャペル内が静まり返る。ほどなくして扉が開き、父親の肘に手を添えた理恵子が入ってきた。薄いベールで顔を覆われているが、雅志同様緊張しているのは手に取るようにわかる。

ゆっくりと前まで進み、理恵子は父親と雅志が頭を下げあうのを黙って見つめ、そして今度は雅志の腕を取った。目の前の壇上に立つ神父を見上げる華奢《きゃしゃ》な背中に、圭祐は細く息を吐き出し、目を伏せる。

鮮やかに、脳裏には四年前の記憶が蘇ってきた。今は姓も違う、けれど四年前は本気で愛し、これから一生ともに生きていこうと誓った前妻の笑顔が浮かんだ。

合コン会場となった洒落《しゃれ》た居酒屋で、初めて顔を合わせたときの笑顔。目が大きくて、賢そうなのに色気があって、はっと人目を引く華やかさが印象的だった。お互いほぼ一目惚《ぼ》れで恋に落ち、その日のうちにデートの約束を交わして、じきに身体を重ねた。

人によってはきついと言うかもしれない好き嫌いのはっきりした性格や、他人に流されない芯の強いところが気に入っていた。お互い仕事に打ち込み、ずっと若々しいカップルでいようと誓ったはずだ。平日はそれぞれ社内で夕食を済ませ、二人とも休日出勤がない週末は、お洒落をして外食に出かけた。ワイングラスを傾けながら、今やっている仕事のことや夢を語り、年末年始などの大型休暇には必ず海外に旅行した。圭祐も彼女も同年代の中では高給取りだったから、財布は別だった。新居となったマンションのローンは圭祐が、共有の車のローンは彼女が払うと決め、それ以外は毎月決まった額だけを共通の財布に入れ、残りの各自の使い道にはお互い一切言及しなかった。

自分たち夫婦を見た友人たちが、みんな例外なく羨ましがっていたことを知っている。所帯染みることなく贅沢《ぜいたく》に暮らし、いつまでも恋人らしさを失わず、仕事に情熱を傾け続ける生活。

——けれど今、ようやくわかった気がした。あれは若い二人が結婚生活だと勘違いした、現実味のない『結婚ごっこ』だったのかもしれない。

綺麗でセンス溢れる新居のマンションに、生活感は微塵もなかった。財布を分けて自分が好きに使っていたのと同様、相手が何に使っているのかも知らなかった。何でも話し合える夫婦ではなく、ときには体裁を取り繕う恋人感覚から抜け出せなかったから、相手が浮気していたことすらちっとも気づかなかった。

『汝《なんじ》、病めるときも健やかなるときも――』

神父の決まり文句を神妙な顔で聞いている雅志の横顔を見つめ、圭祐は今になって胸に込み上げてきた苦いものを嚙み締める。

勝ち気な彼女の泣き顔を初めて見たのは、妊娠を打ち明けられた夜だった。彼女が不倫していたことすら気づかなかった圭祐にとっては、まさに寝耳に水の出来事だった。詰《なじ》り、怒って――そのうち彼女も興奮して、寂しかったのだと泣き喚いて収拾がつかなくなった。

あのときは不貞を働いた彼女ばかり責め、仕事に感《かま》けて家を蔑《ないがし》ろにしていた自分を棚に上げた。寂しいと告げた彼女の本音は、最後まで理解できないままだった。自分と同じように仕事好きで、性格もはっきりしていて、言いたいことは遠慮なく言っていたように見えた彼女。結婚しても独身時代のペースのままで仕事させてやれる自分を偉いと思うことこそあれ、寂しいなどと言われる筋合いなどないと感じていた。

けれど……。

「誓います」

真摯な声で宣言する雅志を瞬きもせずに見つめ、圭祐は初めて、勝手で思いやりのなかった自分を恥じた。

幸か不幸か、圭祐は生まれたときから資質に恵まれ、物心ついたときから要領がよかった。大した努力をしないでも勉強はできたし、運動神経もよかった。器用で、アルバイトも対人関係もそつなくこなせた。希望するところに就職を決め、仕事上の苦労を楽しむだけの余裕があった。

他人もみんな、自分と同じだと思っていたわけじゃない。努力してもできない人や、運に見放されている人がいることも知っている。けれど、圭祐はそういう相手とはさり気なく距離を置いて、自分と似た——似ているように見える相手とだけ、付き合ってきた。

それは、そうすることが楽だったからだ。

弱者を労ったり思いやったりすることは苦手で、自分と同じ大人を求めた。実力主義の職場では、圭祐の敬遠するタイプは自然と淘汰《とうた》されていく。自分と渡り合える人間は、全員強いと思っていた。

けれど、瑞と同居することで、圭祐は初めて、別れた前妻の心境を慮ることができた。

瑞は年下で、非力で、圭祐がもっとも苦手とするタイプだった。距離を置こうとして却《かえ》って傷つけ、遠慮しあう関係を居心地悪いと思いながらも同居を解消できずに、最初はずいぶん苦労した。傍目《はため》にも、そして圭祐自身にも、瑞と圭祐では後者が大人であり、相応の対応をすべきだということは明らかにわかっていた。だから、圭祐はぼやきながらも自ら歩み寄り、妥協点を探ることを余儀なくされた。

一緒に暮らすためにルールを作ること、相手に自分の存在意義を意識させるために、ときには頼ってみせること。図らずも同居することとなった薄幸の少年は、そんな当たり前のことを圭祐に教えてくれた。本来ならば圭祐自身が決して関《かか》わろうとしなかった相手と強制的に同居させられることによって、他人の二人が同じ空間で生活するのではなく、二人ひと組で補い合いながら生活しなければ、いずれ破綻《はたん》することを学んだのだ。

四年前、今の理恵子たちと同じように神の前で「誓います」と言ったあの日、それは簡単にできることだと思っていた自分。結婚しても独身時代と同じペースで仕事を続け、深い部分に入ってこようとしなかった夫を、前妻はどんな気持ちで待ち続けたのだろうか。強い女だと思っていたけれど、その思い込みこそが彼女をそうさせていたのではなかったか。

現状に何の不満もなかったように見えた彼女が、どうして職場の同僚と不倫したのか、子どもができるまで打ち明けられなかったのか。泣きながらごめんなさいと繰り返しながらも、これから夫と二人で結婚生活を立て直していくことは端《はな》から選択肢になく、離婚してくれとだけ言い続けたのか。二年が過ぎて、瑞と暮らして——圭祐は初めて、かつて妻だった女の心情を察することができたような気がした。

『では、指輪の交換を』

神父の言葉に従って、向かい合う雅志と理恵子を見つめる。妹には、幸せになってほしい。自分と同じ失敗はしないで……けれど、もしも理恵子にそう告げたなら、苦笑しながら当たり前よと言われてしまいそうだ。

理恵子が照れくさそうな顔で頬にキスされ、結婚証明書にサインし、それから参列者に冷やかされながらチャペルを出て行く。

その手がしっかりと雅志の肘に添えられているのを見つめる圭祐の目は、無意識のうちに優しさを滲《にじ》ませていたのだった。

場所を移し、披露宴会場の近くにある喫煙所で煙草《たばこ》を吸っていた圭祐は、険しい顔の祥子がきょろきょろしているのを見つける。何事だと吸い殻をスタンドに放り込んだのと同時に、祥子が圭祐を見つけてはっとした顔をすると、足早にやってきた。

「圭祐」

「なんだよ」

「どうしよう、お車代を家に忘れてきちゃった！」

「えっ」

迂闊《うかつ》な台詞に呆れ返ると、祥子は留袖の袖口から覗く腕時計を眺め、途方に暮れたように言う。

「どうしよう……もうすぐ披露宴が始まるし。あぁ〜どうして忘れてきちゃったのかしら」

「ホテルに言えよ。封筒くらい用意してるんじゃないの」

「それがね、中に理恵ちゃんが友達に宛《あ》てた手紙が入ってるのよ。今日手伝ってくれてありがとう、っていう」

「なんでそんなもん忘れるんだよ……」

頭痛を堪えながら呟き、圭祐も自分の腕時計に視線を落とすと、口を開いた。

「ここから家まで電車とタクシーで……片道三十分ってとこか。わかった、俺がひとっ走り行ってくる。おふくろは披露宴出てて。親が抜けてるのはまずいだろ」

「それはあんたも同じじゃないの。理恵ちゃんの兄弟はあんただけなんだし」

「仕方ないだろ、おふくろがいないよりも俺がいない方がマシ。家の鍵貸して。すぐわかるとこに置いてあんのかよ」

「大丈夫。リビングのローテーブルに置いたままになってるはず。瑞くんが留守番してるから、たぶん聞けばすぐに……」

そう言いながらハンドバッグから鍵を取り出そうとしていた祥子は、ぴたっと動きを止めた。圭祐の顔を見上げ、ぱっと晴れやかな表情になる。

「そうよ！　瑞くんに持ってきてもらったらいいのよ。今日は理恵子を見送りたいって、アルバイト休んでくれたから、家にいるはずだし」

「……瑞？」

「そうよ、なんでそれを思いつかなかったのかしらねぇ。……ねぇあんた、携帯電話持ってるでしょ、貸してちょうだい」

親戚がたくさん集まっているこの場に瑞を来させるのは気が進まなかったが、それ以外にいい方法が思い浮かばない。圭祐が渋々携帯電話を差し出すと、祥子は早速自宅の番号をプッシュしている。

「――あ、瑞くん？　おばさん。……そう、今ホテル」

この電話の向こうに瑞がいるのだと思い、圭祐は目を伏せた。所在なげに足下のカーペットの柄を眺めていると、お喋りな祥子にしてはすぐに本題に入るのが聞こえる。

「実はね、おばさん大事なものを家に忘れちゃって……そうそう、それ！　封筒、三つある？　……そう、よかった。それでね、申し訳ないんだけど、瑞くんに持ってきてもらえたら助かるのよ」

瑞が戸惑っているのは伝わってきたが、絶対に断らないだろうと圭祐は思った。世話になっている恩義を感じている瑞が、椎名家の頼み事を断れるはずもない。

「そう、よかったー！　ありがとう、ほんとに助かったわぁ。じゃあねぇ、それ持ってきたら、ホテルの人に伝えてくれる？　……」

案の定、瑞は快諾したようだった。二言三言会話したあと通話を切った祥子から携帯電話を返してもらい、圭祐は新しい煙草に火をつける。

「瑞、来るって？」

「そうよ。えぇと、今から母さんホテルの人に頼んで、瑞くんが来たら会場の中には通さずに、あんたを呼び出してもらうように頼んどくから。瑞くんには宴会場の外で待っててもらって、あんたがそこまで行って受け取ったらいいわね。そしたら瑞くんは親戚と顔を合わせなくてすむし」

「……そうだな」

「母さんが行ってもいいんだけど、ほら、お酌したり何だりで席を外してるかもしれないから。あんたの方が確実だわねぇ」

ほっと安堵《あんど》したように言い、祥子はホテルマンに伝達すべくその場を離れていった。ほぼ同時にウェイティングルームの中からタキシード姿の従業員が出てきて、「ただ今より松田《まつだ》家・椎名家の結婚披露宴を行います」と宣言し、その辺に散っている喫煙者たちを会場内に誘導し始める。

いちばん後ろに設《しつら》えられた親族テーブルに圭祐が腰を落ち着け、久しぶりに顔を合わせる親戚たちと会話すること数分、遅れて祥子がやってきた。ホテルの人に伝言したから、あとはよろしくね、と小声で圭祐に囁く。

ほどなく会場の照明が落ち、理恵子が選曲したらしい洋楽が流れた。ムード溢れる音楽に乗って、チャペルで見たときと同じシルバーグレーの燕尾服《えんびふく》姿の雅志と、純白のウェディングドレスに身を包んだ理恵子が現れる。

主賓の挨拶、乾杯、新郎上司のスピーチ……と恙《つつが》なく宴が進行する中、圭祐の傍らにホテル従業員がひっそりとやってきたのは、披露宴開始から四十分ほど経過した頃だった。

「椎名圭祐さまでしょうか」

「ええ。……親戚の子が――」

「はい。杉本瑞さまがお越しです。どうぞこちらから」

父親も、祥子も、招待客に酌をして回っている。座は適度に盛り上がって、雛壇《ひなだん》の二人は友人に囲まれて写真撮影の真っ最中だった。圭祐にしか聞こえないよう、小声で告げてくれた従業員に感謝しつつ、圭祐は同席している親戚たちに断って立ち上がる。

従業員に連れられて重いドアの向こう側に行った途端、人っ子一人いないだだっ広い空間が広がった。場内の喧騒《けんそう》も、厚い扉のせいで完全に遮断されている。低い音量でクラシックが流れる贅沢な空間の中で、瑞が居心地悪そうにぽつんと立ち、壁に掛かった抽象画を眺めていた。

コートを脱いで手に掛けていた瑞は、シャツ一枚だけだった。セーターの類《たぐい》を着ていないことを訝しく思い、しばらくして、圭祐は一見何の変哲もない白いシャツに見覚えがあることに気づく。

瑞が着ていたのは、圭祐が昨年暮れにあげたシャツだった。

自分に会うからわざわざ着てきたのだろうかという考えは、一瞬で消え失せる。瑞は祥子に頼み事をされ、祥子に忘れ物を渡すつもりで来たはずだ。

おそらく瑞は、高級ホテルに来るのだからと、精一杯お洒落してきたのだろう。一張羅《いっちょうら》はたった一枚、圭祐があげたシャツしかなかったというわけだ。不憫《ふびん》に感じ、そして圭祐は同時に、もっと一緒にいて可愛がってやりたかったのにと思った。自らの手で幕を引いてしまった、短かった同居期間の出来事が、鮮やかに脳裏に蘇る。

「――瑞」

圭祐が呼ぶと、瑞はぴくっと肩を揺らした。声で、圭祐だとわかったらしい。

一瞬の間があって、それからゆっくりと圭祐を振り返り――同居を始めたばかりの頃の、あの行儀のいい笑顔を見せる。

「……お久しぶりです。この前までは、お世話になりました。ありがとうございました」

「……」

瑞の本心がどうなのかは、未だわからないままだ。けれど、再会して初めての挨拶が他人行儀だったことが、圭祐とはこれ以上深い関係を結ぼうと思っていないことを示していた。

「すごい豪華なホテル」

結構な数のホテルを利用したことのある圭祐には、ここは別に超高級ホテルというわけではなく、そこそこのランクだと知っている。しかし、高い天井から吊《つ》り下げられたシャンデリアや、壁に掛かった号数の大きい絵を見た瑞は、それだけでとても豪華だと感じたようだった。十七という年齢を考えると、そもそもホテルに足を踏み入れたことが皆無に等しいのだと思われる。

感嘆の息をつきながら圭祐の近くに来た瑞は、一礼して去っていく従業員に頭を下げ、鞄から袋を取り出した。

「これ……おばさんから頼まれたもの」

受け取った圭祐が中身を検《あらた》めると、『お車代』と祥子の字で記された封筒が三つ、入っていた。しばしそれを眺め、それから袋の口を乱暴に畳んで、圭祐は瑞の腕を引く。

触れた瞬間、瑞がぴくんと身体を緊張させたのには気がつかなかったふりをして、圭祐は奥まった喫煙ブースへと連れて行った。袋を小脇に挟み、礼服の内ポケットから煙草を取り出す。

一本咥《くわ》えて、火をつけ、煙を吐き出すまでの間……何を言おうか考えたのに、圭祐が口にしたのは結局、当たり障りのないことだった。

「……実家、どう」

「……とてもよくしてもらってます。僕の好きなもの聞いて夕食に用意してくれたり、昼を外で食べたらお金がかかるでしょってお弁当作ってくれたり」

「そう。……よかった」

「二日前に、理恵子さんの結婚パーティーを家でやったんです。ほんとは四人で——おじさんとおばさんと、あと理恵子さんと雅志さんでやるものだと思うけど、僕も入れてくれて。披露宴の日は留守番頼んでごめんねなんて言われて、一緒にお祝いさせてもらっただけでもすごく嬉しかったのに」

「……お前は今は椎名の家に住んでんだから、一緒に祝うのは当たり前だろ」

そう言うと、瑞はそっと静かに首を振った。その拍子に腕に掛けていたダッフルコートが目に入ったらしく、圭祐の目の前に掲げてみせる。

「このコートも買ってもらったんです。ブルゾンじゃ今の季節は寒いから、って」

「……」

「みんな、親切にしてくれて……」

笑顔で喋っていた瑞は、じきに目を伏せた。歳に似合わない大人びた笑みを口許《くちもと》に刻み、圭祐の目を見ないで呟く。

「このシャツも……圭祐さんに買ってもらって。ありがとうございました」

「……」

「圭祐さんには……すごく、感謝してます。いろいろ、ほんとに嬉しかった」

伏せられた長い睫毛が微かに震えているのを眺めているうち、圭祐の胸に苦いものが込み上げてきた。目を眇め、煙草を斜めに咥え直して、圭祐は瑞の肩を摑む。

もう終わったことだと理性では理解しているのに、どうしてだか、二年前のときのように思いきれない。ほかでもない、瑞と出逢《であ》って変わってしまったせいかもしれない。

「……圭祐さん」

ぽつんと呟き、さり気なく身を捩ろうとした瑞を逃がすまいと、圭祐はまだ長い煙草をスタンドに投げ捨てた。細い両肩をしっかりと摑み、自分に目を合わせさせる。

「瑞、俺は——」

そんな言葉が聞きたいんじゃない。ありきたりの感謝の言葉ではなく、小さなプレゼントへのお礼の言葉でもなく、何を思い、悩んでいるのか、その口唇で告げてほしい。

笑顔だって、そんな他人行儀なものを向けてほしいわけじゃない。素顔のままの、自然に笑ったところをとても可愛いと思っていたし、大雑把な味の料理を真剣に作っているときの横顔も好きだった。嫌わないでくれと必死で縋ってきた痛々しいあの表情でさえ、胸を強く揺さぶるものがあったのに。

しかし、圭祐がそれを告げるより早く、瑞がはっとしたように身動いだ。ついと横に流れた視線の先を追えば、母方の叔父である盛野《もりの》がやってくるところだった。どうやら煙草を吸いに出てきたらしい。

「――おや、瑞くんじゃないか」

「こんにちは。ご無沙汰《ぶさた》してます」

声をかけられ、瑞は圭祐の手からすり抜けて、盛野に向かって頭を下げた。盛野はゆっくりとスタンドまで近づいてくると、ちらりと圭祐を眺め、それから煙草を咥える。

筋張った手の甲でライターの火を守るように煙草に火をつけ、盛野は悠々と煙を吐き出した。黙って突っ立っている瑞を見下ろし、太い声で話し出す。

「今は……えぇと、あれか。祥子姉さんのところにいるんだったか」

「はい。父の生前は、盛野さんにもとてもお世話になりました。ありがとうございました」

瑞がそう言うと、盛野が噴き出した。口許を歪めたその表情に、圭祐が嫌な雰囲気を感じ取ったときだ。

灰をスタンドに落としながら、盛野が謡《うた》うような口ぶりで言う。

「お世話になった、なぁ。君のお父さんには、本当にお世話したよ。あのときはちょうど、うちの子が大学と高校入学をそれぞれ控えててね。正直、うちも入学金の準備なんかで懐《ふところ》が厳しい時期だったんだが」

「……はい」

「それでも、杉本さんがどうしてもって何度も頭を下げに来られて、断るのも忍びなくて。少しでも力になれればと思ってね、私も」

「……」

「まぁ、返ってくるかこないか半々だとは思ってたけどねぇ。まさか全部灰になるとは思わなかった」

「――叔父さん」

ねちねちと嫌味を言う盛野に、圭祐は思わず間に割って入った。話の内容から、盛野自身も相当な金額を杉本家に貸し、そのままになってしまったことはわかる。けれど、負債を相続したわけでもない未成年の瑞に、親戚の結婚式場という場所で何もこんなふうに言うことはないだろうと思った。

「何もここで、しかも瑞に言わなくてもいいでしょう」

「あぁ、そうだったね。すまんすまん。いや、ここに来る途中で女房とその話になって、ちょっと責められたもんだから、つい。杉本さんに援助したのは私の一存で、女房は反対していたから」

「叔父さん！」

しかし、気色ばんだ圭祐を制したのは、当事者である瑞だった。心持ち前に出て盛野の正面に立ち、深く頭を下げる。

「あのときは、本当にありがとうございました。父も……最終的にはあんなことになりましたが、盛野さんのお心遣いにとても感謝していました」

「……」

「何年かかっても、お金は必ずお返しします。火事になった原因は今もわからないままですが、僕は父が火をつけたのではなく、あれは事故だったと今でも思っています。……父は生前、なんとしてでも皆さんにお借りしたお金は返したいと繰り返していました。僕は、その気持ちを受け継いでいます。まだ……ずいぶん長い時間がかかると思いますが、父が借りたものは僕が返していきます」

一度も頭を上げず、小さくともはっきりした声で言った瑞に、圭祐も盛野も黙り込んだ。

スタンドの近くで立ち尽くしたまま、誰も言葉を発さない。

毅然《きぜん》として、必要以上に卑屈にならず、それでいて真摯な謝罪と感謝の言葉を述べた瑞を、圭祐は意外な気持ちで眺めていた。

——お金を、返さなくちゃいけないから。

いつか、風邪を引いた瑞を看病したとき、そう言われたことを思い出す。あのときは馬鹿げた夢物語だと思った。十七歳の瑞が逆立ちしたって返せるような金額ではないし、一生身を粉にして働き、爪に火をともすように生きたところで、金を貸した親戚連中の怒りは収まらないだろう。けれど今、瑞自身の口から語られた言葉は、それが実現できるかどうかは別にして、彼が真剣にこの問題を考え、自分のできる精一杯で対処していきたいという決意が感じられる。

盛野の指に挟まれた煙草が、いつの間にか短くなっていた。ジジッと音を立てたのをきっかけに、緊迫していた空気が流れ出す。盛野は吸い殻をスタンドに落とすと、苦虫を嚙み潰したような顔で、頭を下げたままの瑞を眺めた。

「……ふん」

面白くなさそうに盛野が鼻を鳴らしたのに、圭祐もようやく口を開く。

「……叔父さん。今日は理恵子の結婚式なんです。この辺で勘弁してもらえませんか」

「……」

低い声でそれだけ告げると、盛野は何も言わずに立ち去った。途中で一度振り返り、未だ姿勢を崩さない瑞を一瞥《いちべつ》したあと、不機嫌な様相で会場に戻っていく。

盛野の姿が見えなくなって、やっと顔を上げた瑞に、圭祐はやるせない気持ちで話しかけた。

「びっくりした。お前、大人だな。あんな言い方されたら、俺だったら切れてる」

「……」

「堂々として、落ち着いて、悔しくても頭を下げ続けるなんて、誰にでもできるもんじゃない。……だけど」

そこでいったん言葉を区切り、圭祐は再び瑞の両肩を摑んだ。自分の方に向かせ、さっき瑞が盛野に対してそうしていたように真っ向から対峙する。

目許を歪め、傍目に見れば痛ましい表情をしながら、圭祐は掠れた声で詰問した。

「俺にはわかんねぇよ。こんな苦しい問題からも逃げずに立ち向かうお前が、なんで俺を前にすると逃げるんだよ」

シャツに包まれた瑞の二の腕に食い込むほど、強く指先に力を込めて、圭祐は尋ね続けた。

圭祐にしてみれば、どうしてあの朝、瑞がマンションを出て行きたいと言ったのか理解できないのだ。遠縁とはいえ血の繋がりがあることも、男同士だということも、今の瑞が直面している大きな壁に比べれば、遥《はる》かに御しやすい問題としか思えない。

「……瑞、俺のこと好きなんだろ？」

「……」

口唇を嚙み、そうだとも違うとも言わずに頑なに俯いている瑞に焦れて、圭祐は摑んだ腕を揺さぶる。

「じゃあ聞き方を変える。もう、俺と暮らすのは嫌なのか。あのマンションで二人で生活することは、お前にとって苦痛でしかないのかよ」

「……っ」

その問いには、はっきりした否定が返ってきた。圭祐に捕らわれたまま、瑞は激しく首を振る。けれど、言葉は零れてこない。

かつての自分からは信じられないほど、圭祐が辛抱強く待っていると、やがて瑞はぽつんと呟いた。

「楽しかった。……圭祐さんと一緒にあそこにいるときは、ほんとに楽しかったよ」

「だったら」

「でも、駄目なんだ」

「どうして」

「――…」

今度はゆっくりと、緩慢な仕種で首を振り、瑞は俯いた。長めの前髪が顔を隠しているせいで、どんな表情をしているのか圭祐には見えない。さらに追及しようとしたとき、摑んだ肩が小刻みに震えているのに気づき、何も言えなくなってしまった。

目の前で、あの晩何度も塞いだ口唇が震えている。セックスを神聖視する年齢はとうに過ぎたが、一つに繫がったときのあの昂揚も愛しさも、確かに本物だった。抱き締めた細い身体は隅々まで掌が記憶している。

忘れられない――こんなにも心の奥まで入り込まれて、自分の中の頑なでどうしようもなかった部分まで変えられて、今さら手放せるはずもない。

けれど、瑞は何度も首を振るだけで、その口唇からはもう、たった一つの言葉さえも零れてはこないのだ。

「瑞……」

長い逡巡の末、圭祐はそっと腕を離した。皺《しわ》の寄ったシャツを眺め、やりきれない表情で自分より頭一つ小さい瑞を見下ろす。

そのときどこかの会場の扉が開いたらしく、一瞬だけ宴のざわめきが聞こえた。すぐに扉は閉められたらしいが、衣擦《きぬず》れの音がする。「こちらです」という中年の女性の声のあと、カーペットを踏み締める複数の足音が近づいてきて、顔を上げた圭祐は目を瞠った。

「……お兄ちゃんじゃない。瑞くんも」

介添人にウェディングドレスの裾を預けてやってきたのは、理恵子だった。隣には雅志がいる。二人とも、喫煙所に佇む圭祐たちを見て目を丸くしていた。

「何やってんの、こんなとこで二人で」

「まぁ……ちょっと。それよりお前こそ何だよ、主役だろ」

「お色直しですー」

わざと口唇を尖らせて顔を顰めた理恵子は、すぐに破顔した。隣で、義弟となった雅志が圭祐に向かって頭を下げる。

「お義兄《にい》さん、本日はお忙しいところ、いらしてくださってありがとうございました」

「いや、こちらこそ。妹をよろしくお願いします」

雅志とはまだ数回しか顔を合わせていないので、今日から義兄弟になるといってもぎこちない。改まって挨拶すると、少し気恥ずかしいものを感じる。

隣の瑞に視線を投げると、瞬きもせずに理恵子を凝視しているのが見えた。にこっと笑いかけられ、瑞ははっとしたように居住まいを正すと、照れたように祝いの言葉を口にする。

「理恵子さん、結婚おめでとうございます」

「ありがとう。……どしたの瑞くん、こんなとこで。――あっ、お祝いに来てくれたの？」

近寄って話しかけた理恵子に、瑞は慌てて説明した。

「いえ、ちょっと……近くまで来ただけだから」

「そうだったの。ね、今から頼んでお席作ってもらおうか。せっかく寄ってくれたんだもんね」

雅志を振り返ってそう言った理恵子に、瑞はとんでもないと首を振る。

「いえ、もう帰ります。ほんとに、ちょっと寄っただけだから。理恵子さんのウェディングドレス姿見られたし、充分です。すごく綺麗でびっくりした」

「えー、ほんと？　嬉しい」

「はい。……幸せそうで、よかった」

瑞が言うと、理恵子が照れた。自分より僅かに背が高い瑞の髪を白い手袋を嵌《は》めた手でそっと撫でて、優しい笑顔を見せる。

「瑞くん、新居にもいつでも遊びに来てね。そのときは、瑞くんにもらったプレゼントで、手料理ご馳走《ちそう》するから！」

「ありがとうございます」

「遠慮なんかしないで、気軽に来てよ？ ……あ、そうそう。新婚旅行のお土産《みやげ》も、期待してててね」

ふふっと理恵子が笑ったとき、介添人がさり気なく促した。理恵子は慌てたように姿勢を正し、「またね」と瑞と圭祐に向かって手を振ると、雅志と一緒に控え室に向かっていく。

再び二人きりになったと思った瞬間――瑞が弾かれたように顔を上げた。

「もう、帰ります」

「瑞――」

「また連絡します。おじさんとおばさんにもよろしく伝えてください」

言いながら、瑞はじりじりと後退《あとずさ》った。圭祐が腕を伸ばしたが遅く、そのまま一気に階段に向かって駆け出す。

「瑞！」

呼び止めたが、瑞は立ち止まらなかった。一度も振り返らずに階段を駆け上がり、細い背中はやがて見えなくなった。

「……」

ため息をついて、圭祐は煙草を取り出す。瑞と喋って血が上った頭を落ち着かそうと、深く煙を吸い込んだ。それでも、どこか苛々した気分は治まらず、煙草もあまり美味《うま》くなくて、まだ長い吸い差しをスタンドに落とすと会場に戻る。

盛野は新郎側の会社関係者と名刺交換をしていて、親族席にいなかった。ほっとするのと同時に、消化不良の怒りが胃の辺りでもやもやしているのを感じてしまう。

そこだけ料理の皿がごちゃごちゃしている自分の席に座ると、ひと通り酌に回ってきたらしい祥子が話しかけてきた。

「遅かったわね、圭祐。瑞くんはどんな感じだった？　こんなとこにお使い頼んじゃって、嫌な顔してたかしら」

「別に」

「ならいいんだけど……。封筒、もらえた？」

「あぁ。……これ」

「あぁ〜よかった。ほっとしたわ。まったく、どうしようかと思っちゃったわよ」

それはこちらの台詞だと内心でぼやき、圭祐はウェイターが注ぎ足してくれたワイングラスの中身をひと息で飲み干す。

「ちょっとあんた、なんて飲み方してんの」

窘《たしな》める祥子を適当にいなし、圭祐はふとさっきの理恵子と瑞の会話を思い出して、口を開いた。

「二日前、うちで結婚パーティーしたって？」

「そうそう。……そうよ、あんたも誘ったのに仕事があるとかで来なかったんじゃないの」

「仕方ないだろ、一昨日は出張だったんだよ。そんなことはどうでもいい、そのとき瑞もいたんだろ？　理恵子にプレゼントやったって？」

圭祐が尋ねると、祥子は笑顔で頷く。

「そうよ。瑞くん、それは瑞くんの義務じゃないからって言っても、お金返すためにアルバイト三昧《ざんまい》でしょう。だから理恵ちゃんにプレゼント渡したときは、ほんとにびっくりしたのよ」

「……ものは何」

「ピーラーよ。二千円くらいのものじゃないかしらね。自分のアルバイト代の中から、理恵ちゃんのために買ってくれたのよ。……あの子、自分の服や何かは、こっちがどれだけ言ってもなかなか買わないのにねぇ」

最後の方はため息混じりに呟いた祥子に、圭祐は怪訝《けげん》な顔で聞き返した。

「ピーラー？　何だそれ」

「いやだ、あんた知らないの？　たまには自炊しなさいよ。野菜の皮を剝くときに使う器具よ」

そんなもん知るかよ……と顔を顰めた圭祐は、ふと眉を寄せた。ピーラーとやらがどんな形のものかはわからないが、祥子の言うとおりのものだとすると、慶事の贈り物には相応《ふさわ》しくない刃物なのではないだろうか。

さっき大人びて見えた瑞が、急に子どもに感じられた。彼の経験してきたことは、ほかの十七歳の人間に比べればあまりにも特異で哀しいことばかりだが、言い換えれば逆に、それさえ除けばほかの少年と変わらないということだ。結婚式に出席したこともなければ、兄弟の恋人に引き合わされたこともない。結婚する相手に何を贈ればいいのか、贈ってはならないものが何なのか、社会人の常識といわれているものはまだ備わっていない。

世間に出る前に、大きなハンデを背負ったのだ。

「……」

圭祐の思ったことがわかったらしく、祥子は事もなげに言う。

「いいのよ、瑞くんの気持ちなんだから。さすがに鋏《はさみ》や包丁はあれだけど、今どきピーラー程度でごちゃごちゃ言うことでもないでしょう。理恵ちゃんも雅志くんも、そのことはまったく気にしてなかったし」

「……」

「瑞くん、自分に出せる金額の中で何がいいか、すごく考えたんだと思うわよ」

沈黙している圭祐に構わず、祥子は誰に聞かせるでもない口調で淡々と呟いた。

「理恵ちゃん、はっきりいって料理下手《へた》なのよ。去年の秋に退職してからは料理学校通ったり、うちでもやったりしたんだけどねぇ、包丁も満足に使えないの。瑞くんはよく家事を手伝ってくれてね、包丁使う理恵ちゃんの危なっかしい手つき見て、それを選んでくれたみたいねぇ」

安価でも、喜んでもらえるもの。これから嫁入りする理恵子の役に、少しでも立ちそうなもの。ひょんなことから同居することになって、そこで優しくしてくれた年上の女性に、自分にしてあげられることは何かと一生懸命考えている瑞の姿が脳裏に浮かんだ。

眉を寄せて、真剣な顔で考え込んでいる横顔を想像した瞬間、胸が強く疼く。

同居を始めたばかりの頃は、ただ重いと辟易するだけだったそんな健気さが、今はいじらしくてならなかった。傍にいればもっと、いろんなことをしてあげられたのに。贈り物のタブーを教えてあげることも、何を準備するつもりなのか相談に乗ってやることも、そして――二人で何か贈ろうと、一緒に買い物に行ってやることも。

「瑞くん、本当は今日来たかったと思うのよ。私もお父さんも……もちろん理恵ちゃんだって雅志くんだって、瑞くんには来てほしいと思ってたのにねぇ……」

後悔の滲む祥子の台詞に、圭祐は黙って首を振った。さっきの盛野との経緯を思い出す限り、苦渋の決断は間違ってはいないと思うのだ。

けれど、理不尽な悔しさは否めない。本人が望む望まないにかかわらず、世間に馴染んでいこうと思えば、どうしても折れざるを得ない場面はある。

お金は必ず返します、と言ったときの瑞の真剣な表情が蘇り、圭祐は軽く目を閉じた。

賑《にぎ》やかな宴の席で――圭祐はしばらく、二月の寒い空の下を一人で家に帰っただろう瑞を思い、胸が苦しかった。

いったんマンションに戻って着替え、それから圭祐は会社に向かった。休日だが、もともと多忙な時期は土日もなくなる職場だ、平日とは比べものにならないが何人かの社員が働いている。

月曜日に関係各社に送る書類を確認して、先に出ていた青山と一緒に出来上がったサンプル画像をチェックした。結婚式場で瑞と逢ったときのことを思い出したくなくて、努めて仕事に没頭したのだ。

仕事用とプライベート用、二つある携帯電話も電源は切ってしまった。仕事相手は日曜日だから繋がらなくても諦《あきら》めるだろうし、プライベート用にかかってくる電話は、悪友からの飲み会の誘いが大半だ。煩わしい着信音に邪魔されることもなく、黙々と仕事を片づけて、休日のオフィスを出たのは既に夜の十時過ぎだった。

「……」

最寄り駅で地下鉄から降り、階段を上がって地上に出ると、ちらちらと雪が舞っていた。

白い息を吐き、真っ暗な空を見上げて、圭祐はしばしその場に佇む。

他人の結婚式があった日の夜は、感傷的な気分になる。結婚していたときに参列した式の夜は新鮮なカップルを羨み、結婚という人生の大きな岐路を越えてしまった我が身をなんとなく古く感じた。離婚してからは、結婚生活に夢を描く幸せそうな二人を見て、それを手に入れられなかった自分に苦笑した。

妹が結婚した今晩抱く気持ちは、それとは少し違っていた。自分が離婚によって落胆させてしまった親を、妹が喜ばせてくれたという感謝と安堵。ときには口喧嘩をし、ときには助け合ってきた妹が、新しい生活で幸せになってくれればいいという願い。

そして……

「……」

マンションに向かって歩き出しながら、圭祐は瑞の顔を思い浮かべた。今日の夕方、ホテルで嫌な気持ちになっただろう彼が、今は老いた両親二人だけとなった家で癒《いや》されていればいいのにと思う。

逃げた瑞を追いかけて捕まえ、どうしてなのか問い質《ただ》したい気持ちは、確かにあった。けれど、あの寂しそうな笑顔を見てしまえば、その勇気は持てそうもないのも事実なのだ。どんな理由かはわからないが、瑞があそこまで拒絶するからには、相応の考えがあるのだろう。今強引に手を伸ばすのは、よけいに瑞を追い詰めるだけのような気がしてならなかった。

無謀になりきれない、大人になってしまった自分を感じて、圭祐は思わず自嘲《じちょう》めいた笑みを口許に布《し》く。

もっと若ければ、あの場でも無理やり追いかけたかもしれない。行動する前にまず理性が働いて、そこで一瞬躊躇《ためら》ってしまう。——そう思って、圭祐は小さく噴き出した。あの晩、泣いている瑞を強引に抱いたくせして、よく言うよと自分で突っ込んでしまう。

しんみりした気分で両手をコートのポケットに突っ込んで、うっすらと白く染まりつつあるアスファルトを、僅かに前屈《まえかが》みになりながら足早に歩く。息が上がり、顔の周りに白い吐息が霧散した。脳裏をちらちらと掠《かす》める瑞の面影を振り払うように、どこにも寄り道せずに一心不乱にマンションを目指す。

ようやく辿り着いたとき、エントランスのあたたかさに思わず全身の力が抜けた。

エレベーターに乗り、自分の部屋に帰る。鍵を外してドアを開ければ、真っ暗な玄関が出迎えてくれた。ここに灯りがついていたのはほんの短い間だったのに、柄にもなく寂しい気分になった。

リビングに向かい、真っ先にエアコンのスイッチを入れて、マフラーを外したときだ。

「……？」

ファックス電話の留守電ランプが点滅していることに気づき、圭祐は手を止めた。ほぼ同時に、まだ携帯電話の電源を切ったままだったことを思い出す。かけてきた相手は、携帯電話に繋がらなかったので、やむなく家の電話にメッセージを吹き込んだのだろう。

迂闊だったと反省しながら再生ボタンを押した圭祐は、流れてきたメッセージに眉を寄せた。

『圭祐、お母さん。ねぇ、瑞くんがそっちに行ってる？　行ってるにしても行ってないにしても、とにかくすぐに電話ちょうだい』

焦燥感を煽る口調で、同じようなメッセージが三件も入っていた。時刻を調べれば、最初の電話は午後八時だ。理恵子の結婚式が終わったのが夕方の五時だから、祥子と父親は参列者や親戚に挨拶などしていたにしろ、六時半には帰宅しているはずだった。

最後のメッセージがつい三十分ほど前に録音されているのを確認し、圭祐は険しい表情で受話器に手を伸ばす。

「……」

コートも脱がないまま登録してある実家の番号にかけて、待つことほんの数秒――。

『瑞くん⁉』

切羽詰まった祥子の声が聞こえ、圭祐は嫌な予感が胸を過るのを感じながら口を開いた。

「違う、俺。圭祐。留守電聞いたんだけど――」

『圭祐？　今までどこにいたのよ？　携帯の方に何回電話しても出ないし、もうどうすればいいかわからなくて――』

「ちょっと待って。落ち着けよ」

そう言う傍ら、鼓動がばくばくと速いスピードで打ち出したのを感じながら、圭祐は掠れた声で尋ねる。

「なぁ、瑞がまだそっちに帰ってないって、本当なのか？」

『嘘なんかつくわけがないでしょう！』

鋭い声で遮られて、圭祐は眉を顰《ひそ》めた。祥子のこの動揺ぶりから考えれば、瑞は連絡の一本も寄越《よこ》さずに、こんな時間までまだどこかにいるということだ。

『瑞くん、何時にホテル出たの？』

「四時……十分頃かな。細かいとこは自信ないけど、四時は間違いなく過ぎてた。それから帰った形跡がないのか？　一度も？」

『ないのよ。瑞くん、家を留守にするときは必ずポットのコンセント抜いてくの。私とお父さんが帰ってきたときも、コンセントは抜けたままだったのよ』

「……」

『ねぇ、瑞くんが行きそうなところ知らない？　友達の家とか……そっちでアルバイトしてたところとか。こっちのアルバイト先は全滅なのよ。理恵ちゃんの新居の住所は瑞くんも知ってるけど、理恵ちゃんは今晩雅志くんと一緒にホテルに泊まってるから行くはずないし』

祥子の台詞に、園田の顔が思い浮かぶ。瑞が行きそうな場所といえば、それくらいしか思いつかない。

「……」

しかし、圭祐はすぐに首を振った。以前園田が来たとき、毎週日曜の夜は稽古事があると言っていたはずだ。何時から何時までなのか厳密にはわからないが、決して人の邪魔をしない瑞の性格を考えると、習い事があるという日に呼び出しているとも思えない。

園田以外に高校時代の友達がいるとも思えなかった。ここに来たとき、園田は突然音信不通になってしまった瑞を心配していたし、瑞も連絡しなかったことを詫びていた。退学することになった経緯や、その後の境遇を考えれば、瑞が積極的に高校時代の友人たちと連絡を取り合っているとは考えにくい。

同年代の友達もいないアルバイト先なんか、もっと望み薄だ。

『やっぱり、式場まで来てもらったのがいけなかったのかしら。ほんとは瑞くんだって式に出たかったのに留守番させて、それなのに呼び出すだけ呼び出したから怒ってるのかも』

取り乱している祥子を落ち着かせようと、圭祐は強い口調で窘める。

「そんなわけあるか。あいつの性格考えりゃわかるだろ、僻《ひが》んだり妬《ねた》んだりするような奴じゃねぇよ。式だって、理恵子との繋がりや実家同士の付き合いの濃さを考えたら、欠席が妥当なんだ。それは瑞だってわかってるよ」

『じゃあどうして……』

「それは、……」

完全に冷静さを欠いている祥子に辟易しながら、瑞の行きそうな場所を必死で考えていたときだ。

ふと、瑞の声が耳許で聞こえた気がした。

――僕は、父の気持ちを受け継いでいます。

盛野に意地悪なことを言われたとき、毅然とそう応えた横顔が脳裏に鮮やかに浮かび上がる。友達の家などではなく、瑞が向かったのは、かつて父親と暮らしていた場所かもしれない。

「……」

ふらつきもせず、しっかりと頭を下げていた細い背中を思い出した瞬間――飢餓感にも似た強烈な衝動が喉許《のどもと》まで込み上げてきて、圭祐は受話器を握り締める指に力を込めた。

あのとき感じたのは、憐《あわ》れみや同情などではない。傍にいて支えになってやりたい、ただそれだけだった。自分の手許に置いて可愛がって、大事にして、もう二度とあんな惨めな思いなんかはさせない。

理由も教えずに逃げ回っている瑞への腹立たしさとか、一歩踏み出せない自分の迷いとか、すべてどうでもいい気がした。このまま瑞が逃げ続け、椎名の家からもいなくなってしまうかもしれないと思ったら、居ても立ってもいられなくなる。

二年前の痛い過去にようやく正面から対峙して、もう二度と、同じ過ちは繰り返したくないと痛切に思った。以前、離婚話が持ち上がったときにどうしてすんなりと承知したのか理恵子に聞かれ、呆れて切り捨てたことを思い出す。

去る者を追うのは恰好悪いと決めつけていたが、本当にそうだろうか。引き留めることもせず、相手の別れ話に物分かりのいい顔で乗ることが最後の愛情だと思っていたけれど、それは正しかったのか。

一生にほんの数回しかない大事なところなら、これまでの矜持《きょうじ》を捨ててとことんみっともなくなるのも、決して間違いではないのかもしれない。

『どうしよう圭祐、警察に捜索願とか出した方がいいのかしら。お父さんはまだ十一時前だし、取り合ってくれないかもって言うのよ。もうちょっと遅くなってからの方がいいのかしら。でも瑞くん、大したお金も持っていないはずなのよ。もう外も真っ暗だし、雪も降ってきたし、……』

「ちょっと待って」

機関銃のように捲《まく》し立てる祥子を制し、圭祐はコートの裾を捲って腕時計を見た。さっき外したばかりのマフラーを引っ掴み、受話器に向かって一方的に喋る。

「心当たり、ないこともない。捜してくる。見つけたら連絡入れるから、警察はもうちょっと待って」

『えっ⁉　心当たりって——』

「確実じゃない。でもとりあえず行ってみる。俺が連絡入れるまで、そっちはそっちで捜してて」

切り口上で告げ、圭祐は乱暴に受話器を戻した。そのまま大急ぎで玄関に向かい、駅を目指して走る。

電話している間に、雪は本格的なものになっていた。もちろん東京《とうきょう》の雪だ、積もったり吹雪《ふぶ》いたりしているわけではないが、ちらちら小雪が舞う程度だったのがしんしんと降り注ぐものに変わっている。

ときおり擦れ違う人とぶつかりながら駅に辿り着いた圭祐は、定期券を改札機に押しつけて、普段よく使うのとは逆方向のホームまで駆け上がった。ほどなくしてやってきた電車に乗り込み、スーツの上着の内ポケットから手帳を取り出す。

そもそもの始まり――いちばん初めに祥子から電話を受けたとき、圭祐は話のポイントを手帳にメモ書きしていた。瑞の年齢や家族構成、焼け出されたあと入院していた病院の名前、そして、今は更地になっているという実家の場所。この手帳を見れば、半年前の自分の字がすべてを教えてくれる。

二十分ばかり揺られ、区内を出たばかりのところで下車し、運賃を精算する。音もなく降り続く雪のせいで、みんな早足だ。タクシーを確保すべく駆け出して、圭祐は無事に乗り込んだ。

「どちらまで？」

「西武《せいぶ》線の花小金井《はなこがねい》駅方面に向かってください。この住所の場所に行きたいんです」

手帳を見せながら運転手に言うと、運転手はギアを入れて走り出しながら応える。

「これ……お店か何かですかね？」

「いえ、今は更地になってるはずです」

「うーん……。とりあえず近くまで行ってみますね。ただねぇ、住所だけだとね……」

あまり芳《かんば》しくない返事に、圭祐は苛々してくるのを堪えて説明した。

「元々は工場だったんです。工場っていっても、小さな下請けで。自宅と工場が隣接してたと聞きました。半年くらい前に火災が起きて、隣接する住宅部分と工場が一緒に焼けたんですが」

そう言うと、運転手ははっと顔を上げた。バックミラー越しに圭祐の目を見つめ、大きく頷く。

「あー、そこか！　わかりました。この雪でちょっと込んでますけど、十五分ほどで着くと思いますよ」

「よかった、……」

「大きな火事でしたから。その晩は私も近くを流してたんですけどね、消防車が何台も出て大騒ぎでしたよ」

「……」

運転手の話に、圭祐の脳裏には瑞の左足の火傷の跡が浮かんだ。タクシーの運転手でさえ知っているくらいだ、近所の住民には知れ渡っているに違いない。圭祐のマンションに来てからというもの、瑞がかつての友人たちと連絡を取る素振りもなく、新しいアルバイトばかりを始めていたことを思い出す。十七という年齢でいきなり独りぼっちになってしまった瑞の心境を慮れば、胸が痛くて、苦しくなった。

運転手は器用に路地を進み、迷いのない運転で目的地に向かっていく。どうか瑞がいますようにと祈るような気持ちで、圭祐はやきもきしながら窓の外を目を凝らして捜した。住宅街の中に紛れるように、店やアパートが所々交じる景色を眺め、ここで瑞が生まれ育ったのだと噛み締める。

やがて、タクシーは角の手前で停《と》まった。

「申し訳ないんですけど、この先は一方通行なんで、ここで。この道を右に行ってしばらく歩けば、お探しの場所に着きますんで」

「ありがとう」

礼を述べて、圭祐は札入れから千円札を二枚抜いた。親切な運転手に渡して釣りはいらないと告げ、雪を避けるように車から降りる。

左側に折れていくタクシーを見送って、圭祐はゆっくりと足を踏み出した。あまり人が通らないのか、アスファルトにはうっすらと雪が積もっていた。しんと静まり返った夜の道を進み、やがて――圭祐は見覚えのあるシルエットを見つけ、足を止める。

「……」

青白い街灯にぼんやりと照らされる中、瑞は何をするでもなく、ロープで囲われた更地を歩いていた。夕方見せられたダッフルコートを着て、忘れ物を入れてきたバッグを斜めに掛けている。小さな工場址《あと》とはいえ、隣接する自宅部分も一緒に更地になったらしく、ちょっとした空き地のようになっていた。

瑞が歩くたび、さく、さく、と足音が響く。ときおり足を止めてぐるっと周囲を見回す瑞の顔は、長い間二月の寒空の下にいたからか、頬が真っ赤になっていた。両手をポケットに突っ込んで、心持ち顎を上げ、白い息を吐きながら一点を見つめている。

澄んだその瞳に見えているものは、かつてここにあったはずの家だろうか。家族四人で暮らした記憶を手繰るように、瑞はじっと、宙を眺めていた。今はもう家の影も形もない、ただの空間でしかないその場所を。

しばらくそうしていた瑞が、ゆっくりと振り返る。さっきと同じようにのんびりと歩き出して――そして、立ち入り禁止のロープの向こうからこちらを見つめる圭祐の姿に、ようやく気づいたようだった。

「――…」

呆然と目を瞠り、瑞は圭祐の顔を凝視している。どうしてここに、と言いたげに口唇が一度だけ震え、それから瑞は脱兎《だっと》のごとくその場から逃げ出そうとした。

「――瑞！」

ロープを飛び越えて、圭祐は工場の跡地に飛び込む。コートの裾を翻し、奥に向かって走る瑞を追いかけると、圭祐は腕を伸ばした。

「瑞っ」

「……っ」

指の先が捕らえたコートの袖を、力いっぱい引っ張る。よろめいた瑞を背後から抱きとめ、勢いで二人とも地面に膝をついた。肩で息をしている瑞の身体を反転させ、跪《ひざまず》いたまま、圭祐は雪に濡れた瑞の髪の乱れを直す。

「脚、打たなかったか？」

転ぶように地面に縺《もつ》れたことを気にかけると、瑞は無言で首を振った。俯いて表情を圭祐から隠し、小声で呟く。

「……圭祐さん、なんでここに……」

「お前を捜しに来たんだよ」

「……」

「寒かっただろ」

ここに来たときの瑞の気持ちを思って、圭祐は一切詰らずに言った。濡れて冷たくなった髪を撫でて、赤い耳を掌で包む。

自分がしていたマフラーを解き、剝き出しの首に巻いてやると、瑞はようやく顔を上げた。圭祐の目を見つめ、あの他人行儀な笑顔を作る。

「……ごめんなさい。なんか、急に……来たくなって」

「……」

「ホテルから真っすぐ帰ろうと思ったんだけど、……理恵子さんの幸せそうな顔見てたら、これから新しい家族つくっていくんだなーって思って……。そしたら、俺も家族のことがすごく懐かしくなって。気がついたら……電車乗ってて」

白い息とともにぽつぽつと途切れがちに語り、瑞は口を噤《つぐ》んだ。ゆっくりと立ち上がり、ダッフルコートやジーンズについた土や雪を払う。それから目線を上げて、さっきずっと見つめていた場所を眺めた。

一緒に立ち上がり、瑞の肘に触れるか触れないかのところで手を添えて、圭祐は瑞の視線の先を追った。半年前はきっとここにあったのだろう、何の変哲もない二階建ての木造家屋を、瑞と一緒に思い描いてみる。

頰を真っ赤にしたまま、瑞はひたむきな眼差しで、今は濃紺の闇に雪が舞うだけの空間を見ながら言った。

「俺んとこ、圭祐さんと一緒だったんです。父さんと母さんと、妹。四人家族」

「……あぁ」

「妹とは三つ離れてて……ほんとだったら、来年中学を卒業するはず。理恵子さんほど美人じゃないし、生意気なことばっか言っててよく喧嘩したけど、俺には可愛くて大事な妹だった」

そこでいったん言葉を区切り、瑞は圭祐に視線を移した。澄んだ瞳は、何を思っているのかわからない。一度だけとはいえ他人の肉体を知ったのに、やけに純情で、清廉な雰囲気の眼差しだった。

圭祐を見つめ、それからちらりと自分の左足に視線を落として、瑞は静かな雪空の下で言葉を紡ぐ。

「あの晩、俺は二階の自分の部屋で寝てたんだけど、何かが爆発するような音で目が覚めたんです。そのときはもう、部屋の中がものすごく熱くて。なんでこんなに熱いのにもっと早く目が覚めなかったんだろうって思ったけど、前の晩のバイトが長引いて、寝るのが遅かったせいかもしれない。二時になったら新聞配達の販売所に行かなくちゃならなかったから、数時間だけ仮眠取るつもりで寝てたんだけど、思ったより深く眠ってたみたいで……家が燃えてるのに全然気がつかなかった」

「……」

「部屋のドア開けたらすごい熱気で、火も上がってて。階段の下から火が上ってきてたし、火元は一階だってすぐわかった。親は二人とも一階の和室で寝起きしてたから、きっと早いうちに火に気がついて逃げたんだろう、絶対大丈夫だって自分に言い聞かせて——でも、妹は俺と一緒で、二階に部屋があったんです」

すっと落ちてきた雪が、瑞の長い睫毛に音もなく載った。瞬きした拍子に雪は消え失《う》せ、涙のような水滴に変わる。

黙って聞いている圭祐の目の前で、瑞はマフラーに口唇を半分埋め、濡れた睫毛を瞬かせた。

「俺の部屋を出てすぐのところは、もう火の海だった。炎って、じっと見てると目がすごく痛くなるって初めて知りました。妹は怖がりで——うち、借金取りがときどき怒鳴り込んできてたから、妹はいつもドアを開けたままだったんです。回収の人が来ると、いつも俺の部屋に逃げ込んできて、二人で気を紛らわしながらその人が帰るのを待ってました。その晩もドアを開けたまま寝てるはずだってわかってたから、真っ先に心配したんです。ドア開けてることで熱気にすぐ気がついたに違いないって信じながらも、逆に火がすぐに部屋まで回っちゃったんじゃないかって気になって」

「……」

「俺はとにかく、妹が逃げたかどうか確認したかった。火がすごかったけど、妹の部屋まで行こうとしたんです。でも、部屋を出たすぐのところで脚が急に痛くなって、見たらパジャマに火が飛んでました。必死になって手で叩いたけど、なかなか消えてくれなくて——……」

「……」

「そこで立ち止まったのがいけなかったんです。あっという間に火が回って、妹の部屋に行けなかった。炎の隙間から、開いたままのドアだけが見えたけど、もうどうやったって近寄れなくて、名前呼んでも返事もなくて……」

そこまで話したとき——初めて、瑞の頬に涙が滑り落ちる。

瑞の肩を引き寄せ、圭祐は強く抱き締めた。首筋に頬を擦りつけ、掠れた声で呻く。

「もういい。もういい、瑞」

淡々とした語り口調だからこそ、告白はよけいに哀愁を帯びていた。けれど、瑞はまだ話し続ける。

「今でも、夜中にふっと目が覚めたりすると、あのときのこと思い出す。なんで立ち止まったんだろう、なんで俺だけ自分の部屋に引き返して窓から飛び降りたんだろうって。みんな逃げたはずだって、あのときなんで思い込もうとしたのか、今でもわからない。あとは俺だけで、みんな家の外で心配しながら待ってるかもしれないなんて、あのすごい火を見たら、そんなことありえないのに」

「瑞、……」

「妹の部屋にだって、火に足が竦まなかったら、ちゃんと行けたかもしれない。まだ十四だったのに……あのとき俺が助けてたら、理恵子さんみたいに幸せになれたかもしれないのに」

最後の方は独り言のようになっている呟きに首を振り、圭祐は瑞を抱き締める腕にさらに力を込めた。小さな頭を掻《か》き抱き、自分の肩口に押し当てる。

赤くなった耳許に口唇を寄せて、圭祐は囁いた。

「もういい、瑞。人の運命なんて、誰にもわからないんだよ」

「……、……」

「お前だけでも助かったんだ。自分を責めるより、これからのことを考えろよ。俺にできるかぎりのことはする。寂しくなんかさせないで、大事にする。だから……」

これまで去る者は決して追わなかったのに、帰ってきてくれと呟く。すっかり冷たくなっている瑞の髪を撫で、赤い耳に頬を押し当ててあたためて、圭祐は何度も好きだと繰り返した。

こんな自分を情けないと思うことは、もうなかった。相手を労り、優しくすることを教えてくれた瑞に、今度は自分が力になってやりたい一心だった。

しかし、圭祐の告白に、瑞は小さく首を振る。

「どうしてだよ」

「……」

「俺はお前が好きだよ。だけど、それはお前も同じだろ？」

何度目かわからない問いかけを口にすると、瑞は初めて頷いてくれた。

「好きだよ。俺、圭祐さんのことすごく好きだよ」

ダッフルコートから僅かに覗く冷たい指で、圭祐のコートの背中を握り締め、瑞はやっと抱き返してくれた。圭祐の胸の中で顔を上げ、涙で濡れた頬を晒す。

寒さのせいだけではなく震える口唇で、瑞は真剣な声で話した。

「当たり前だけど、親戚の人は誰も俺のこと引き取るって言わなかった。それは覚悟してたから、退院したらお世話になってる販売所に住み込みさせてもらうつもりだった。そんなとき、椎名のおばさんがお見舞いに来てくれて、俺さえよかったらうちで暮らさないかって言ってくれて」

「……」

「理恵子さんが結婚するまでは圭祐さんのところにいてね、って言われて。初めて圭祐さんと会ったときのこと、昨日のことみたいに憶えてる。背が高くてスーツが似合ってて、すごく恰好いいって思った」

そのときの面影を重ねているのか、圭祐の顔全体を少し引いて眺め、瑞は泣き笑いのような表情で言う。

「最初、圭祐さんは冷たくて……でも、ほっとしてたよ。俺のこと考えたら、あんなふうにされるのは当たり前だと思ってたから。だけど、ベランダの洗濯物取り込んでるとき初めて怒鳴られて、わかったんだ。圭祐さんは別に俺に冷たく当たってたわけじゃなくて、単にそういう性格なんだって」

「……」

「会社でいろんなものもらってきてくれたり、遊びに行こうって誘ってくれたり、ボーナスだったからって服買ってくれたり。忙しい仕事の合間を縫って、一緒に夕飯食べてくれたよね。流行《はや》ってるものを教えてくれたり、圭祐さん自身のことを話してくれたり……でも、俺のこと普通に扱ってくれたのがいちばん嬉しかった」

「……普通？」

「うん。腫れ物に触るようにするんじゃなくて、普通にしてくれるたび、驚いてた。高校行けって諭したり、今のことだけ考えろって言ってくれたり。もっとまともな服を着ろとか、堂々としてろとか、流行りに疎すぎて問題だとか、そんなふうに俺に言った人っていなかった。もともとたくさんの人に迷惑かけてお金借りてたし、その挙げ句に家があんなことになって、みんな遠巻きに見て同情するか面と向かって嫌味言うかのどっちかだったのに。いいことも悪いことも遠慮なく俺に言ったのは、圭祐さんだけ」

「……瑞」

「俺が風邪引いたとき、文句言いながら看病してくれて、いかにも圭祐さんらしいって思って可笑《おか》しかった。最初は冷たく思えたけど、実はそうじゃなくって優しいところもいっぱいあるって知って……そしたらどんどん好きになって」

泣きながら喋っている瑞を抱き締めたまま、圭祐は込み上げてくるやるせなさのままに口を開く。

「だったら、いいじゃないか。俺のこと好きなら、どうして逃げたりしたんだよ。あのままあそこにいて、これまでと変わらずに俺と暮らしていけばいいじゃないか」

「駄目」

緩慢に首を振り、瑞は額や頬に落ちた雪を拭うこともせずに、圭祐を見つめる。

目の前の濡れた頬に、ひとひらの雪が落ちた。あたたかい涙に混じって、儚い結晶はすぐにほどけ、雫となって頬を滑り落ちる。

微動だにしない圭祐の視線の先で、瑞は嗚咽を零し――そして、小さな声で呟いた。

「俺は、幸せになっちゃいけないと思う」

「――……」

「父さんも母さんも妹も、みんなあんなふうに死んじゃったのに、俺だけ幸せになるのはおかしいよ」

思わぬ台詞に息を飲み、圭祐は呆然と、腕の中の瑞の顔を眺める。

――すべての疑問が解けた、気がした。

瑞が自分を戒め、事あるごとに遠慮していたのは、負い目のせいだけではなかったのだ。プレゼントをあげたときにすぐに受け取ろうとしなかったのは、自分を置いてもらっている上に物をもらうなんていけないという理由ではなく、若くして不遇の死を遂げた妹を思い、自分だけお洒落するのがいけないと思ったからだろう。遊びに誘ったときに断ったのも、きっと同じ。金策に駆けずり回って死んだ両親を思い、自分だけ楽しい思いをしてはいけないと自省していたからだろう。

高校に通わないのも、おそらく勉強が苦手だからじゃない。新しい高校に通って友達を作ったり、放課後寄り道したり……そういうありふれた些細な楽しみでさえ引け目を感じてしまうほど、瑞は自分だけが生き残ったことに罪悪感を抱いているのだ。

しゃくり上げ、瑞は涙声で、ずっと圭祐には言わなかった胸の裡《うち》を吐露した。

「誰か一人だけ生き残るのが家族の運命だったなら、どうしてそれが俺だったんだろって、あれからずっと考えてる。だけどどんなに考えても、なんで俺が選ばれたのか、今でもわからない。父さんも母さんも会社を再建しようと必死で頑張ってたし、妹だってこれから楽しいことがいっぱいある年齢で――よりによって、高校も辞めて、家計の足しにしかならない程度の稼ぎしかない俺が助かったのは変だって。みんな、俺よりやりたいことがいっぱいあったはずなのに」

「……瑞」

「生き残った理由を探したかったし、俺が生きていくことにどういう意味があるのかも知りたいんだ。とりあえず父さんの気持ちを受け継いでお金だけは返そうって……苦労ばっかりして、それで死んじゃった家族のことを思ったら、俺だけ幸せになるなんてできないよ……っ」

とめどなく溢れる瑞の涙を掌で拭って、圭祐は歯を食いしばった。こんなに細い肩に背負ってしまったものの重さを思えば、苦しくて息もできないほどだった。

圭祐の掌をそっと捕まえ、瑞は掠れた声で呟く。

「圭祐さんのこと好きになって、なんでこの人じゃなくてほかの人を好きにならなかったんだろうって苦しかったけど……でも、安心もしてた。圭祐さんの感じから、大人の女の人としか恋愛しないって思ってたから。それなのに、俺の片想いだと思ってたから安心して好きでいられたのに、あの晩好きだって言われてキスされて」

「瑞」

「すごく嬉しかったけど、怖かった。俺だけ生き残って、しかも幸せになるのはおかしいって。やめなくちゃって途中で何度も思ったのに、やっぱり圭祐さんのことが好きで、抵抗なんかできなくて……圭祐さんのこと、今でも好きだよ。嫌いになんか、なったりしない。だけど、もう傍にはいられない」

瑞の裡に潜む恋に圭祐が気づいてから、ちょうど一ヵ月——どうして好きだと告げてくれなかったのか、泣きながらもしがみついて抱かれたのか、翌朝になって離れて暮らしたいと言い出したのか。ようやく明かされた本当の理由は切なく、圭祐はただ、瑞の身体を抱き締めることしかできなかった。

——どれくらい長い間、そうしていたのか。

しんしんと降る雪が、更地に残された二人の足跡を白く塗り替えて完全に隠した頃……。

「俺、お前のこと好きだよ。これからもあの部屋で、俺と一緒に暮らしてほしい」

掻き抱いた肩を引き寄せ、耳許で囁いて、圭祐は今まで瑞に告げた台詞を撤回し、言い直す。

「俺が守って、可愛がって、二度と惨めな思いをさせたくないから、傍にいたいんじゃない。俺が——瑞に、傍にいてほしいんだ」

「——…」

腕の中で微かに震えた細い身体をいっそう強く抱き締めて、圭祐は雪で濡れた額を瑞の首筋に押し当てた。

「瑞だけが生き残った理由は、俺にもわからない。俺に逢うために生き残ったんだよなんて陳腐な台詞を言うつもりもない。お前の背負ったものは大きすぎて、何も知らない俺がどうこう言えるものじゃないんだろうと思うよ」

「……」

「だけど、一つだけはっきりしてることがあるんだ。瑞が傍にいると、俺が幸せな気持ちになれるんだよ」

濡れた髪を指先で梳いて、圭祐は二人で暮らした日々を嚙み締める。

瑞がいなくても、きっと自分は上手くやっていけるだろう。仕事も遊びもそつなくこなし、自分と同じく資質に恵まれた者に囲まれて、要領よく人生を楽しむことができるだろう。

けれど、人に優しくしたときの気恥ずかしさや、辛抱強く不遇に耐えて強くなること、大事にした相手にそれ以上に大事にされる心地好《よ》さ。そういうものには何一つ気づかずに、自由気儘《きまま》という名の孤独の中で生きていったに違いない。

何も知らないままだったら、それはそれで幸せだろう。けれど自分はもう、気づいてしまったのだ。生活感のない洒落た部屋でケータリングをとるよりも、所帯染みた大味な料理を向かい合って食べる方が穏やかな気分になることを。行儀のいいお仕着せの笑顔よりも、ふとした拍子に零れる自然な笑みが、こんなにも強く胸を疼かせることも。

「瑞と過ごして、俺はずいぶん変わったと思うけれど、本当に相手を大切にすることはまだ下手かもしれない。だけど、瑞といればきっと上手くなっていけるような気がしてる」

「……」

「幸せになるわけにはいかないっていう瑞の気持ちは、よくわかった。でも、考えてくれよ。お前がいなかったら、俺も幸せにはなれないと思う。だから……傍にいてくれないか。瑞が喋ったり笑ったりするだけで、俺は充分幸せだから」

愛の告白は幾度も口にしてきたが、こんなに真摯な気持ちで告げたのは生まれて初めてかもしれない。

この口唇で、もう一度――今度こそ、届けばいいと願いながら。

体裁も飾りもない代わりに、真摯な響きを帯びた告白に、圭祐はもう恥ずかしいと思うことはなかった。

「……っ」

黙って聞いていた瑞が、不意に強く抱き返してきた。圭祐の胸に額を擦りつけ、嗚咽を零す。

「圭祐さん……っ、好き。大好き」

泣きながら、瑞は何度も繰り返した。ようやく想いが重なったことを噛み締め、圭祐はしがみついてくる身体を深く受け止める。

「俺のために傍にいて、……瑞」

名前を呼び、顔を上げさせて、圭祐は濡れた頬に掌を当てた。

震える口唇に、そっと、触れるだけのキスを落とす。

「……」

降り頻《しき》る雪の中、瑞は今度こそ否定せずに、圭祐に強くしがみついて誓いのキスを享受し

たのだった。

瑞を連れてマンションに帰った圭祐は、部屋がすっかり暖まっていたのに愕然とした。急ぐあまり、エアコンをつけっぱなしにして出かけてしまったらしい。

らしくない失態に思わず憮然としたが、瑞は笑ったりはしなかった。これだけ慌てて捜しに来てくれたことに申し訳なさそうな顔をして、ありがとうと呟いた。

すっかり冷えきってしまった瑞をバスルームに押し込み、圭祐は祥子に連絡を入れた。瑞が実家のあった場所に行った理由は、ホテルで幸せそうな理恵子たちを見たのが原因だったが、圭祐はそれをそのまま祥子には言わなかった。ただ、「ホテルを出たところでかつての高校の友人に会い、そのままファーストフード店で話し込んでしまったようだ」とだけ説明した。

瑞は祥子に怒られるだろうが、きっとこれでいいのだ。本当の理由を言えば、忘れ物を届けさせるために瑞をホテルに呼んだ祥子が悔やむだろうし、自分を引き取ってくれた祥子の親心を知っている瑞もまた、家族が懐かしくなって実家のあった場所にこっそり行ったことを知られたくはないだろうから。

こんなふうに、何か行動を起こす前にほんの少し、相手の気持ちを考えるようになったのだ。

受話器を置いたのとほぼ同時に、背後から声がする。

「……圭祐さん」

振り返った圭祐は、パジャマ姿の瑞がリビングの入り口に立っているのに目を眇めた。瑞はゆっくりと圭祐に近づき、手を伸ばせば触れられる距離で立ち止まると、潤んだ瞳を瞬かせた。

「また、ここに戻ってきてもいい？」

「……あぁ」

「ここで、圭祐さんと二人で」

「あぁ」

瑞の手を取り、そっと引き寄せて、圭祐はまだ少し湿っている髪を梳く。

見つめ合い、互いの身体に自然に腕が回った。しばし無心でキスをして、それから圭祐は瑞の手を引いてリビングを出る。

ベッドルームに連れて行っても、もう瑞は拒絶したりしなかった。

「圭祐さん」

折り重なってシーツの上に倒れ込み、瑞は圭祐に抱きついた。圭祐の肩をしっかりと抱き寄せて、長い睫毛を震わせる。

「好き、……」

圭祐の耳許に口唇を寄せて、瑞が囁いた。あれだけ渇望しても得られなかったのが嘘のように、何度も繰り返される告白。過剰な愛の言葉は鬱陶《うっとう》しく感じる圭祐も、真摯な響きを帯びたこの告白は素直に嬉しかった。

あの夜のように急いた手つきではなく、ゆっくりとパジャマの上着を脱がせて、圭祐も瑞の頬に口唇を落とす。

しばし、互いの身体を確かめるように掌を滑らせて、飽くことなく口づけを交わした。口唇だけではなく、額も頬も辿って、愛情を伝え合う。

「……っ」

首筋に口唇を埋めると、瑞が擽ったそうに首を竦めた。すぐに強く吸いつくと、今度はぴくんと薄い肩を揺らす。

「……可愛い」

飾り気のない反応への感情は、そのまま言葉になった。薄闇の中でも瑞の頬が上気したのがわかり、圭祐は思わず苦笑する。

一度経験したせいか、今夜はぷつんとすぐに自己主張を始めた胸の先端に口唇を寄せ、丁寧に舐めた。肉づきの薄い肢体は、女性特有の優しい柔らかさがない代わりに、確かな手応えを感じさせる。指先で凝《こ》った乳首を押し潰しながら、圭祐はゆっくりと、うっすらと骨の浮き出る脇腹を口唇で辿った。

「んっ、……、……っ」

揉ったさにひくひくと震える身体が、じきに掻痒感《そうようかん》だけではないものを感じ取ってくれるのを待つ。口唇を噛み締め、淫《みだ》らな声が零れるのを防いでいる瑞を見て、少し意地の悪い気分になった。上体を伸ばしてキスをしたあと、圭祐は自分の指で瑞の濡れた口唇をつつく。綻《ほころ》んだ隙を逃さずに指を差し込むと、あたたかな口腔が怯えたように慄《おのの》いた。指で歯列をなぞり、頬の内側を繊細な動きで愛撫して、圭祐は経験で培った手管でもって、未熟な身体を官能の底まで引き摺り下ろす。

「あ、……ぁ」

噛み締められないために漏れた声に、瑞がぎょっとしたように身を竦ませた。たった一度の交歓しか知らない初心な身体を抱き締め、もっと奔放になっていいのだと教え込む。浮き出た鎖骨《さこつ》に強く吸いつき、所有の証を刻みつけて、圭祐はより甘えた声を引き出そうと愛撫に熱を込めた。

「あ、あっン」

「瑞」

「あ、ぁ……っ、や……」

思惑通りに零れた嬌声に、弥《いや》が上にも興奮する。口唇から抜いた指を瑞の目の前で舐めて、圭祐は耳朶に口づけた。濡れた音を聞かせて、羞恥に戦慄く胸を弄り、髪の生え際を舌先でちらりとつつく。

「あ、ッ」

無意識のうちに身体が逃げているらしく、瑞の片膝が上がった。すかさず脚の間に身を入れると、瑞は耐えられないと言いたげにシーツに顔を埋めてしまう。

肩を引き寄せ、圭祐は掠れた声で囁いた。

「もう、隠すなよ」

「……っ」

「俺に、全部見せて」

頬に手を添えてこちらを向かせ、口唇に小さなキスを落とす。

「……」

しばし逡巡した瑞だったが、じきに身体の力を抜いた。恥ずかしさは消えないらしく、両腕を顔の前で交差させて表情を隠してしまったが、全身を圭祐に明け渡す。

パジャマのズボンに手をかけると、瑞は一瞬身体を強張らせた。けれど、抵抗はしなかった。腰を浮かせて協力し、左足だけ残そうとした圭祐の手を払って、自ら全部脱いでしまう。

「……瑞」

望んだままにすべてを見せてくれた瑞に、圭祐は目を瞠った。稚拙ながら大胆な脱ぎっぷりは、もう圭祐には隠し事をしないという決意の表れだ。堂々としていろと、常々言い含めていたせいもあるかもしれない。

一糸纏わぬ姿になり、瑞が圭祐の肩に腕を回す。ぎゅっと抱きつかれて、圭祐もそれ以上の力で抱き締め返した。すべてを許してくれた瑞が、愛おしくてたまらなかった。

「……っ、……」

剝き出しの欲望に触れ、瑞が息を飲むのも構わずに掌で包み込む。強く揉み込むようにすると、我慢できない喘ぎが零れた。

「あ、ンッ……、っ」

「……」

「あっ、あ、は……っ」

何かに摑まって込み上げる快感に堪えようとしているのか、瑞がいっそう強くしがみついてくる。ちゃっかりと右手は動かしながら、左手でシーツから浮き上がった背中を抱いて、圭祐は耳許に囁きを吹き込んだ。

「そんなにしがみついてると、何もできないだろ」

「……って……っ」

「だって、じゃねぇよ。ほら」

ぶるぶる震えながら腕を摑んでくる指を引き剝がし、圭祐は自分の下肢に導いた。大人しく誘導されてきた瑞が、触れさせられたものの熱に、はっと目を見開く。

けれど——。

「圭祐、……」

戸惑うような瞳は一瞬。瑞はごくっと喉を鳴らしたあと、おずおずと圭祐の欲望に指を絡めた。

不安そうな指先は頼りなく、愛撫としては及第点から程遠かったが、その拙さが妙に扇情的なのも事実だった。思わず漏れそうになった声を嚙み殺し、圭祐も手の中のものを熱心に愛撫する。

「あ、ぁ」

切れ切れに上がる声に、我慢ができなくなった。嚙みつくように口唇を塞ぎ、奥まで舌を忍び込ませ、逃げ惑う舌を蹂躙《じゅうりん》する。

「ン——」

苦しげな声に唆《そそのか》されるまま、圭祐はすっかり硬く勃ち上がった若い欲望から手を離した。瑞の滲ませたもので濡れた指先を後庭に宛がい、押し込むように沈める。

「ンッ」

びくっと震えた身体を押さえ込み、そのまま深くまで探った。僅かに膨らんだ部分を、弾力を確かめるように指の腹で押す。瑞はびくびくと背中を波打たせ、塞がれた口唇から堪えきれないため息を零した。

「……っ」

後ろを探られては、ひとたまりもないらしい。圭祐の欲望を握っていたはずの瑞の手は、いつしかただ添えられているだけになった。

「ン、ぅ」

苦しげな声とともに、抵抗していた襞《ひだ》が蕩《とろ》け、ねっとりと指に巻きついてくる。馴染んだのを見計らって指を増やし、圭祐は肩甲骨《けんこうこつ》の浮いた瑞の背中を優しく撫でた。

下肢に送り込まれる刺激は容赦ないのに、上半身は労るように撫でられて、瑞は翻弄《ほんろう》されるままに喘ぐ。口唇を離して顔を覗き込めば、閉じた瞼の端から涙がひと粒零れ落ちた。けれど、それはもう哀しい涙ではなく、圭祐をさらに煽って誘うための涙だった。

「――あん、アッ」

たっぷりと絡みついてくる粘膜を擦り上げるように指を抜き、甘い声を堪能《たんのう》して、圭祐は熱く滾《たぎ》った情熱をそこに押し当てる。

「……――」

「……、瑞……」

「――っ、ン」

包み込んでくる内部を掻き分けて、奥まで侵入を果たす。圭祐の両肩を摑んだ瑞は、大きすぎる感覚に喉を反らせた。眼前に晒された僅かな突起に口唇を当てて、圭祐も深く息をつく。

自分しか知らない隘路《あいろ》が、凶器となった肉を優しく包んでくれた。大事にしたくて——それ以上に啼かせてみたくて、圭祐はゆったりした間隔で細い身体を揺する。

「あ、アッ、ん」

たどたどしい喘ぎが、寝室の濃密な空気に溶け込んでいった。瑞の首筋に顔を埋め、柔らかい髪が頬を擽る心地好さに溺《おぼ》れて、圭祐は動きを徐々に大胆なものにしていく。

「あ、圭祐さ……」

「……、……っ」

「あ、あん、アッ」

律動に押し出される艶かしい声の合間に、瑞は何度も圭祐の名前を呼んだ。溢れる愛情に衝き動かされ、二人で同じ感覚を追う。激しくもひたむきな情熱に身を任せ、本能の赴くままに互いの身体を貪って、一気に頂上まで駆け上がった。

「も……も、だめ」

甘ったるい声での申告とともに、ぎゅうっときつく絞り込まれ、圭祐は歯を食いしばって最後の階《きざはし》を超える。

「あ、アッ、……——」

「……っ」

「アッ、は……っ」

びくびく、と身体を震わせた瑞に少し遅れて、圭祐も堪えていたものを吐き出した。どっと力が抜けて、荒い呼吸を繰り返し、瑞の身体に圧し掛かる。

「ン……っ」

その衝撃でもう一度、瑞は微かに口唇を震わせて、軽く山を越えた。

「……、……」

忙《せわ》しない呼吸はまだ治まらなかったが、引き寄せられるように口唇が重なる。満たされた気持ちでキスを繰り返していると、瑞が圭祐の背中をぎゅっと抱き締めた。耳許に頬擦りして、未だ上擦ったままの声で呟く。

「圭祐さん――好き、……」

「……俺もだよ」

「圭祐さん……」

涙の滲んだ告白に、圭祐はそっと、瑞の小さな頭を抱き寄せた。

もう二度と寂しい思いはさせないと、強く胸に誓いながら――。

＊

＊

「お父さんにはこれね。で、お母さんはこれ」

満面の笑みを浮かべて紙袋を探っていた理恵子が、綺麗に包装された箱をそれぞれに手渡す。洋酒をもらって喜んでいる父と、有名ブランドのスカーフに大はしゃぎしている祥子を胡乱《うろん》な眼差しで眺めていた圭祐は、雅志から袋を差し出されて我に返った。

「お義兄さんには、これです。気に入っていただけるといいんですが」

「ありがとう」

礼を言って受け取り、包装紙を解いた圭祐は、中から出てきたネクタイとカフスのセットに片方の眉だけを上げた。

圭祐の表情を見て、祥子とスカーフを互いの襟元に当てっこしていた理恵子が偉そうに言う。

「お兄ちゃんの、奮発したでしょ。大事にしてよね」

「あぁ。こんなに高いの買ってこなくてよかったのに」

「しょうがないのよ。お兄ちゃんからのご祝儀の残りでバッグ買おうとしたら、雅志が怒るんだもん」

残念そうに雅志を睨《にら》んだ理恵子と、困った顔で目を逸らす雅志を眺め、圭祐は思わず噴き出した。この二人ならきっと上手くやっていくのではないかという安堵感が、じんわりと胸に沁《し》みていく。

三月の上旬の晴れた日曜日、圭祐は瑞を連れて椎名の実家に帰っていた。一昨日新婚旅行先のフランスから帰ってきた理恵子と雅志が、土産を手に来ることになっていたからだ。昨日は雅志の実家、今日は理恵子の実家という順序らしい。

「すごい、細かい」

瑞が圭祐のカフスを弄り、繊細な細工に感嘆の吐息を零す。それを苦笑しながら眺めていると、理恵子が悪戯っ子のような眼差しで、小さな箱を取り出した。

「瑞くんには、もっといいものがあるのよ」

「えっ⁉ 僕も？」

「当たり前じゃない。お祝いくれたんだし、それにもううちの一員なんだから」

呆れたように言った理恵子は、すぐに笑顔になった。箱を開けている瑞をわくわくした顔で見つめつつ、ときおり雅志と視線を交わしている。おそらく、二人で何がいいか、いろいろ考えたのだろう。

立方体の箱の中身は、若い男性向けの腕時計だった。

「……これ、……」

「可愛いでしょ？　私はよくわかんないんだけど、雅志が十七歳だったらこれがいいって決めたの。気に入ってくれたら嬉しいな」

「……」

驚きのあまり声も出ないらしく、瑞は呆然としている。圭祐は横から手を伸ばし、台座に嵌《は》まっている腕時計を外した。瑞の手首に当てて、笑いかける。

「嵌めてみな、瑞」

「瑞くん、あちこちのバイト掛け持ちしてるわりには、携帯電話も腕時計も持ってないじゃない？　この時計して、遅刻しないように頑張ってね」

「防水がしっかりしてるから、嵌めたまま大概のことはできるよ」

理恵子と雅志に急かされて、瑞は慌ただしい手つきで腕時計を左手首に嵌めた。その場にいた全員に似合うと誉められて、恥ずかしそうに照れる。

真っ先にこちらに視線を送った瑞に、圭祐も笑顔を返した。

「そうだ、瑞くん」

祥子が思い出したように顔を上げ、にこにこと切り出す。

「圭祐から聞いたんだけど、高校行く気になったってほんと？」

「はい。定時制ですけど。今、受験勉強してるんです。夏に受験して合格すれば、二学期から通えるので」

「まぁ〜。おばさんやおじさんがあんなに勧めても駄目だったのに、圭祐の説得には折れちゃうなんて。なんだか切ないわねぇ」

わざとらしくため息をついた祥子に、瑞が慌てて謝っている。その様子を見て圭祐が噴き出すと、成り行きを見守っていた理恵子が口を開いた。

「お兄ちゃん、瑞くんとの同居、上手くいってるみたいね」

「まぁな」

「なんか意外。瑞くんも二月からうちに来るはずだったのに、お兄ちゃんのとこがいいって言ったんだってね。脅されてるんじゃないの」

「人聞きの悪いことを言うな」

相変わらずの理恵子に顔を顰め、圭祐はちらりと父親と雅志を眺めた。我関せずという顔をしている二人に、微妙な気分になる。

自分を含めた三人の男たちに、亭主関白という言葉は縁遠いらしい。

土産ももらって義理を果たしたし、とっとと帰ろうと思っていると、祥子が表情を曇らせながら言った。

「でもねぇ、せっかく通うんなら定時制じゃなくて、普通の高校にしたら？」

「いえ、日中はアルバイトもあるし。定時制でも勉強できるし、卒業証書ももらえるから。充分です」

「それにしたって。柄が悪いとか苛めがすごいとかあるんじゃないの？　心配よねぇ」

ため息をつきつつ言った祥子に、瑞が反応に困っている。それを見て、圭祐は事もなげに言った。

「いつの時代の話だよ。まぁ、全日制と比べて多少はいろいろあるだろうけど、瑞だって二年遅れてるんだしいいんだよ。案外こっちの方が馴染む気が俺はしてるけどな」

「でも」

「アルバイトだって、やらせりゃいいんだよ。それが瑞の選んだ道なんだから。金を返しながら勉強するのはきついだろうけど、こいつはやるって言ったらやるよ」

強情なところに散々振り回されたことを思い出し、圭祐がきっぱりと言うと、祥子は口を噤んでしまった。思わぬ援護射撃に瑞が驚いたように見上げてくるのに、圭祐は苦笑を返す。

その強さは、信じている。瑞だったらきっと、どんな状況でも頑張り抜くことができると思うのだ。

自分にできることは、ただ傍にいて見守り、心からの愛情を注ぐことだろう。それ以下ではいけないが、それ以上も瑞は望んではいまい。無我夢中で働く日々を否定して、十代らしい高校生活を送れと諭すよりも、等身大の目線で励ましてくれる人を瑞はおそらく求めている。

一緒にいると幸せになってしまうから逃げたのだと、瑞は言った。

確かに傍目に見れば、圭祐の横に寄り添う瑞は、過去に比べて幸せに見えるに違いない。すべてを犠牲にして借金に追われることなく、新しい家族に愛されて――けれど、真実はたぶん逆だろう。

社会的に恵まれた自分が瑞に幸せを約束したのではなく、何も持たない瑞が圭祐の味気ない生活を彩り豊かなものに変えた。一見したところ、以前と変わらないゆとりある生活を送り続ける自分こそが、瑞によって幸せを齎《もたら》されたのだ。

「そうだよな、瑞」

「……はい」

「あーあ、なんかすっかり手懐けられちゃった感じ」

圭祐の台詞に嬉しそうな顔をした瑞を見て、理恵子がぼやいた。残念そうな響きに、圭祐は挑戦的な目で理恵子を眺める。

これから周囲に見せつけるように瑞をめちゃくちゃ可愛がって、自分が散々味わわされた嫉妬の苦しさを、今度は周りに知らしめたい。

頬にかかった髪をちょっと直してやると、瑞が破顔した。そんな些細な笑顔だけで、胸がじんわりとした。

互いの痛い過去を胸に秘めて、これから二人で生きていくのだ。

「……」

瑞の屈託のない笑顔を眩しそうに見つめ——そこに幸せそうな色が滲んでいるのを感じ、圭祐もまた、口許を綻ばせたのだった。

あとがき

はじめまして、こんにちは。うえだ真由です。このたびは拙作をお手にしてくださって、本当にありがとうございます。

もともと可哀想な受が好きだという自覚はあったのですが、今回の瑞は今まで私が作ったキャラの中で、もっとも不憫な受かもしれません……。境遇的にもそうなのですが、なんというか体質がもう……！

ただ、だからこそ書いていてとても楽しかったのは紛れもない事実なので、お読みくださった方に可愛く思っていただけたら嬉しいです。

プロットを切った段階で、このお話のタイトルは『幸福のメッセンジャー』とつけていました。傍から見れば、何も持たない（むしろヘビーなものを背負いすぎている……）瑞が、攻の圭祐と出逢うことになって人並みの幸せな生活を手に入れるという感じですが、実は圭祐の方が、瑞によってとても満たされた人生への予感を抱く、というのを目指してプロットを切ったので、『しあわせの使者』と仮題をつけたのです。

実際は、字面が今ひとつだったり、『メッセンジャー』というのが『使者』よりもチャットに似たメッセンジャーを連想させやすいのではという迷いがあったりで、担当さまと相談させていただいた結果、もう少しボーイズラブ小説っぽいタイトルに変更しましょうということになりました。圭祐が「これから一生一緒にいよう」と告げたのは瑞が二人目になるわけですが、タイトルにもなったことだし、今度は失敗しないで瑞と上手くやっていけたらなぁと思ったりします。

イラストをお引き受けくださったのは、やしきゆかり先生でした。突然のお願いだったのにお引き受けいただけて、本当にありがとうございました。

実は以前からやしきさんの大ファンで、過去に一度、他社さんの本にイラストをつけていただいたことがありました。まさか二度目があるとは夢にも思っていなかったので、やしきさんに再びイラストをつけていただけると伺ったときは本当に嬉しかったです。

やしきさんの描かれる、やんちゃっぽさと大人っぽさが同居したキャラクターがすごく好きで、今回もラフをいただくまでとても楽しみでわくわくしていたのですが、想像以上の素敵なキャラに大感激でした。瑞は年相応の可愛さの中に生き生きした魅力があって可愛くて、圭祐はとても恰好いいのにちょっぴり狡くてダメなところも覗いていて！　もう感謝の気持ちでいっぱいです。

お忙しい中、本当にありがとうございました。今回のお話を書くにあたって一番幸せになったのは、瑞でも圭祐でもなく、実は私だったのかもしれません……。

また、今回もたくさんの方にお世話になりました。担当さまをはじめ、拙稿を丁寧に見てくださった校正さま、たくさんの修正を綺麗に直してくださったオペレーターさま、どうもありがとうございました。

最後に、お読みくださった方にも心からのお礼を申し上げます。

私の好きな苦難受&社会的には恵まれていても性格に問題ありの攻カップルですが、少しでも楽しんでいただけたらとても嬉しいです。拙著がお忙しい毎日の息抜きになってくれればいいのですが……。

またお会いできたら幸せです。

二月　うえだ真由

PS　ページに少し余裕があったので、短い後日談を入れました。その後の二人をお読みいただけたら嬉しいです。

駅前のファーストフード店で企画書を捲っていた椎名圭祐は、携帯電話が震えたのに気づいて顔を上げた。シャツの胸ポケットに入っている仕事用のものではなく、スーツのズボンに入れていたプライベート用の携帯電話を取り出す。

慣れた仕種でぱちっと開くと、液晶画面に出ていたのは見知らぬメールアドレスだった。こちらで登録していないものなので、アカウントがそのまま表示されている。

文面を開くと、短いメッセージが現れた。

――携帯買いました！　さっき掃除終わったから、あと十分ほどで行きます。瑞

「……」

無意識のうちに口許が緩んでいたらしい。視線を感じて横を見ると、カウンター席に並んで座っていたOL風の女性が慌てて目を逸らすのが見えた。照れ隠しに咳払いを一つして、圭祐は見ていた企画書をクリアファイルに差し込むと鞄にしまう。

今日は、瑞と待ち合わせて一緒に外食する予定なのだ。

この夏に、圭祐のマンションから電車で数駅のところにある高校の定時制クラスを受験した瑞は、無事に一年生になっていた。二学期からの編入だったが、元来の穏やかな性格で、通い始めて二週間ほどになる今はクラスにも無事溶け込めたようだ。

瑞の通う高校では、定時制クラスは夕方の五時過ぎに始まり、まず最初は給食の時間にな

っている。その後六時から授業開始で、四時間目が終了するのが午後九時過ぎ。その後は掃除をして、九時半頃に校舎を出るというスケジュールだ。

定時制というシステムは知っていたものの詳しくはない圭祐は、登校していきなり給食という時間割に驚いたが、瑞は一食出ることを純粋に喜んでいた。瑞の場合、学校に行くまでは毎日アルバイトしているし、全日制の退学理由が経済的なものだったし、両親も他界している。幾つかの条件を満たさない生徒は一部しか補助が出ないが、瑞は教科書代も給食費も全額支給されるとのことだった。

瑞がマンションに帰り着くのは、だいたい夜の十時だった。圭祐の帰宅はそれより遅いことが大半なので、いつも瑞は帰宅してから夕食の準備をし、圭祐の接待がない限り、十一時過ぎに二人で食卓を囲んでいる。今日は珍しく九時前に会社を出られることが予めわかっていたので、朝マンションを出るとき、圭祐は瑞に、二人で待ち合わせて夕食は外でとらないかと誘ったのだった。

——嬉しい、すごく楽しみ。圭祐さんと一緒だったら、どこでもいい。

時間が時間だし、ファミリーレストランになるだろうけどと言った圭祐に、瑞は頬を上気させてそんなふうに応えた。しかし、わくわくした表情の瑞に申し訳ない気持ちになりながら、圭祐ははっきりと言った。

——もしかしたら、仕事で何かあるかもしれない。まず大丈夫だと思うけど、一応駄目になる可能性もあると思ってて。

瑞の時間がずれることは滅多にないが、圭祐の方は仕事でトラブルが起きた場合どうしようもない。

一瞬落胆した様子を見せたものの頷いた瑞に、圭祐は時間を区切ろうと提案した。タイムリミットを決めて、その時間までに相手が待ち合わせ場所に現れなかったら、何か突発的な出来事が起きたのだと判断し、いつもどおりマンションに帰ることにしようと言ったのだ。

そのとき、瑞はちょっと迷ったあと、切り出した。

——実は最近、携帯買おうかと思ってたんです。バイトの連絡なんかで不自由する分は耐えられたんだけど、学校に遅れそうになるときに困ってて。

聞けば、今まで何度か学校に遅れかけたことがあるらしい。瑞はアルバイトが終わってからバスで高校に行くのだが、夕方の渋滞に巻き込まれることも珍しくなく、アルバイトが少し長引くと毎回ひやひやするとのことだった。いったんバスを降りて公衆電話から連絡を入れたことが二回あるらしい。

——せっかくだから、今日買います。そしたら、これからも圭祐さんと待ち合わせてご飯食べたりできるかも……。

そう言ったときの瑞の笑顔を思い出して、圭祐はつい緩みそうになる頬を隣のＯＬから隠すべく、襟足を擦った。洋服も、ゲームなどの娯楽品も、相変わらず自分のものはまったく買わない瑞だ。それなのに、今までアルバイトで不自由しようが二回もバスを途中下車しようが買わなかった携帯電話を、「携帯電話があったら、これからも待ち合わせできるかもしれないから」という理由で購入に前向きになったのだ。

ファーストフード店の薄いコーヒーを飲み干して、圭祐はごみをダストボックスに捨てるとトレーを置いた。「ありがとうございましたー」という間延びした声に送られながら、自動ドアを潜る。

外に出た瞬間、むっとする晩夏の夜の空気が身を包んだ。

冷房の効いた店内で羽織っていたスーツの上着を脱ぎ、だらしなく見えない程度にネクタイをほんの少し緩め、圭祐はすぐ傍の駅を目指す。待ち合わせ場所は売店だったが、ちょっと邪魔になりそうだったので少し離れた壁に凭れかかった。

階段を下りてくる人波を眺めていると、なんとなく懐かしい気分になった。スーツ姿で暑苦しそうな顔をしているサラリーマンや、薄着の女の子――厳しい残暑を感じたとき、ふと、瑞と初めて顔を合わせたのも去年の今頃だったことを思い出したからだった。

あれから一年。同じ場所で暮らし、同じ職場に勤め、傍から見れば何も変わりのない日々。たった一年で街も激的な変化を遂げるはずもなく、ほぼ去年と同じ様相を晒している。

けれど、瑞にとっても圭祐にとっても、この一年は人生の岐路とでもいうべき時期だった。

感慨深い気持ちになりながら、ふと可笑しくなる。一年前は存在さえ知らなかった、ひと回りも年下の遠縁の子。ひょんなことから同居することになって、いろいろあって、まさか恋人同士になるなんて。

けれど、恋とはきっと、こんなふうに唐突に訪れるものなのだろう。

手持ち無沙汰に携帯電話を開き、圭祐は再び瑞のメールを呼び出した。ゆっくりとボタンを操作して、新しいアドレスを登録する。液晶画面の端っこに表示された時刻を見れば、九時半を僅かに過ぎたところだった。もうそろそろ来るはずだと思い、圭祐は携帯電話を弄りつつ、ちらちらと顔を上げる。

見覚えのあるTシャツが視界に映ったのは、瑞のアドレス登録が完了したのと同時だった。

「み——、……」

名前を呼びかけて、圭祐はふと口を噤む。瑞が一人きりではなく、隣に友達と思しき男がいるのに気づいたからだ。

瑞はちらりと売店に視線を投げたあと、その場に立ち止まった。圭祐がまだ来ていないと思ったらしく、少し離れた場所にいることには気づかずに、友達と話し続ける。

所在なげに壁に凭れながら——圭祐はいつしか真剣な目で、瑞の横に立つ男を眺めていた。

年の頃は、二十歳というところだろうか。瑞よりも二つ三つばかり年上に見えた。だらしなくずり下げたジーンズと耳に幾つもついたピアス、明るめを通り越して金色になっている髪を見れば、定時制に通っている理由も何となく想像できる。

ただ、圭祐はあまり過去には拘らない。その青年に目が釘付けになったのは、ヤンキー然とした様相に眉を顰めたくなったのではなく、瑞と親しげに話しているその様子に落ち着かない気分になったからだ。

にこにこと喋っている瑞を見て、かつての苦い感情が去来する。久しぶりの再会に嬉しそうだった瑞の前で、彼の友人の園田を追い返したことを思い出し、圭祐はため息をついた。それでも、大人げない自分を反省することはできても、胸に込み上げる不快感に嘘はつけない。

ちょっと意地悪な気分になって、圭祐は手にしたままだった携帯電話を開いた。さっきの瑞のメールを呼び出して、『今着いた』とだけ返信を打ち込み、送信する。メールに気づけば、瑞は友達との会話を中断してでも絶対にこちらに来る。

圭祐の視線の先で、楽しそうに話していた瑞がぴくんと姿勢を正した。わたわたとジーンズのポケットを探っているその姿に、思わず噴き出しそうになる。まだ携帯電話を使い慣れていない瑞が、着信を感知した瞬間狼狽えている様子は、初々しくて可愛かった。

けれど、楽しかったのはここまでだ。

ポケットから携帯電話を取り出した瑞の横から、件の男が手許を覗き込んでくる。男と視線を交わした瑞は、どきどきした表情で携帯電話を開いた。二人で顔を寄せ合うようにしているその姿に、圭祐の眉は自然と寄ってしまう。

たどたどしく操作している瑞の横で、男がときおり何か喋っているのが見えた。一緒に画面を覗き込み、指で何かを指図している。どうやら、操作にまだ慣れていない瑞に教えてやっているようだ。

圭祐の視線の先で、瑞は携帯電話を弄っている。ようやく目的の画面に辿り着いたらしく、隣の男と顔を見合わせてぱっと笑顔になった。黒目がちの瞳を僅かに寄せて、なになに……と言いたげに小さな携帯電話を凝視していたかと思うと、はっとしたように顔を上げて周囲をきょろきょろと見回す。

一連の動作を半分微笑ましい気持ちで、半分は苛立たしい気分で観察していた圭祐は、そこでやっと手を上げた。

「——瑞！」

名前を呼ぶと、瑞は何ともいえない嬉しそうな表情になった。圭祐の方に駆け寄ってきて、口を開く。

「ごめんなさい、ちょっと遅くなって」

「……いや、俺も今来たとこだから」

しばらく様子を見ていたことなどおくびにも出さず、圭祐はしれっと言って首を振った。瑞のあとを追いかけてきた男に視線を送り、わざとらしく怪訝な顔をしてみせる。

瑞は圭祐の視線に気づき、笑顔で男を紹介した。

「圭祐さん、高校の友達の山崎。二つ年上だけど、仲良くしてもらってるんだ」

にこにこと説明した瑞の横で、山崎と紹介された男が胡散臭そうな顔で圭祐を見る。いかにもとりあえずといった感じで、両手をポケットに突っ込んだまま「……ちわ」と挨拶した山崎に、圭祐は過去の自分を恥じた。園田に嫉妬し、礼儀のなっていない子どもだと思ったりしたが、上には上がいた。

圭祐が挨拶を返すのを待たずに、山崎は瑞に向かってあっさりと手を上げる。

「じゃな杉本」

「あ、うん。いろいろありがとう。また明日」

「おう。ケータイ、家でちょっと練習しとけよ」

偉そうに言って、山崎は圭祐には目もくれずに階段を上がり始めた。どことなくだれた態度とは裏腹にあっという間に上がりきって、すぐに姿が見えなくなる。

呆然と見送っている圭祐に、瑞はおずおずと切り出した。

「ちょっと……見た目があれだけど、いい友達なんだ。今は大工さんの見習いなんだって。親方に勧められて、定時制に通ってるって言ってた」

「……ふぅん」

「俺が親戚の家でお世話になってるって言ったら、同じだなって。山崎も親方の家でお世話になってるんだって。居候仲間なんだ」

えへへ、と笑って、瑞は圭祐の腕を引いた。階段を上がろうと促され、なんとなくもやもやした気分のまま、圭祐も歩き出す。

「携帯、バイトの休憩時間に買いにいったのはいいんだけど……説明書が分厚くて、すぐに使えなくて」

「見せて」

「うん」

手を差し出すと、瑞はすぐに携帯電話を圭祐に渡した。斜めに掛けたバッグから定期券を取り出しながら、ため息をつく。

「とりあえず無事に買えたって、圭祐さんに伝えようと思ったんだけど、仕事中に電話したら悪いと思ったんだ。だからメールでこっそり電話番号伝えようとしたのに、やり方が全然わかんなくて」

「十八歳とは思えない台詞だな……」

「やっぱり？　学校でも散々揶揄われた。みんな、教えてやるって言いながら笑ってるし」

揃ってホームに下り、じきにやってきた電車に乗り込んで、瑞は照れたように笑った。その顔を眩しそうに見つめ、圭祐も苦笑してしまう。

どんなふうだったのか、なんとなく想像できた。様々な年齢のクラスメートに囲まれながら、困惑した顔で説明書片手に携帯電話を操作している瑞の姿が、脳裏に鮮やかに思い浮かぶ。

瑞には、構ってやりたくなる雰囲気があるのだ。他人にあまり興味のない自分でさえ、同居を始めて一ヵ月が過ぎた頃に手を差し伸べたくらいだから、人並みの親切心を持っている人間は尚更だろう。

瑞が非力だとか、一人では何もできないように見えるとか、そういうわけでは決してない。むしろ、賢そうな瞳に滲む芯の強さや、自分でひと通りのことができる生活力は、同年代の少年と比べると抜きん出ている。

思わず手助けしたくなるのは、庇護欲をそそられるからではなく、一生懸命頑張っているのが感じられるからだ。

残業帰りの会社員が疎らに立っている車内で、圭祐と一緒に突き当たりのドアに凭れかかっている瑞が言った。

「必死になっていろいろ弄ってたら、山崎が教えてくれたんだ」

「……へぇ」

「まず、自分のメールアドレス作るところから手伝ってもらって、次に、出掛けに聞いといた圭祐さんのアドレスを登録するのも助けてもらって。休み時間にちょっとずつ教わりながらやったから、間に合うかどうかどきどきしたけど、ちゃんと送れてよかった」

ほっとした素振りで笑顔になった瑞だが、微妙な気分になるのは否めない。さっき見た、顔を寄せ合って山崎と二人で楽しそうに携帯電話と格闘していた光景がまざまざと脳裏に蘇り、圭祐は自分に辟易してしまった。

いつからこんなに嫉妬深くなったのだろうか。ドライで大人な関係を好む、あの椎名圭祐はどこに行ってしまったのだ。

しかし、そんな情けなさは続く瑞の台詞に霧散してしまった。

「みんなには、まだメールアドレス教えてないんだ。やっぱり、最初は圭祐さんからメールもらいたくて」

「――…」

「学校出るときにメール送ったのに、返事が来なかったから心配したんだ。山崎と二人で、もしかしたら圭祐さんはまだ仕事中なのかもしれないって話してたんだけど……」

さっき、メールを受信した瞬間瑞が破顔した理由がわかり、圭祐はちょっぴり後悔した。そんなことを考えていたのなら、あんな素っ気ない文面ではなく、もっと瑞が嬉しがるようなメッセージを送ってやればよかった。

ただ――能天気なメールを送っていたとしたら、山崎にも見られてしまったはずだ。シンプルな返信しか送らなかった理由を思えば、つまらない嫉妬心も多少は役に立つということなのだろうか。

「……」

複雑な顔で瑞を見ると、きょとんとした目で見つめ返された。けれど、瑞の澄んだ瞳にはじきに照れが浮かび、長い睫毛が微かに震える。

心持ち声を抑えて、瑞は囁くように言った。

「圭祐さん、何食べる？」

「まぁ……この時間だしな。ファミレスか、牛丼か、ラーメン。俺はどこでもいい」

「うーん」

首を傾げ、瑞は圭祐が返した携帯電話を両手で弄びながら言う。

「じゃあファミレス。……次のとき牛丼。その次にラーメン」

「気が早いな」

「えへへ」

小さく笑って、それから瑞は目を伏せると、独り言のように呟いた。

「携帯買って、よかった」

「……」

「圭祐さんと外で食事するの、初めてだね」

嬉しそうな台詞に気恥ずかしくなった圭祐が黙っていると、瑞は小声で続ける。

「今日、誘ってもらえて嬉しかった」

大したところに行くわけじゃないから、ここまで喜ばれると面映い。圭祐が今日瑞を誘ったのは、いつも学校が終わってから食事の支度をしてくれる彼に、たまには休みをあげるつもりだったからだ。それなりの店に行く段取りを組もうと思えば組めたが、そうすると瑞の恰好が問題になる。学校が終わってからいちいち着替えさせたりするのは本末転倒だから、気楽に入れるところで充分だと考えたのだ。

そう思って——圭祐はふと、目を瞬かせた。

会社が終わってから、相手の携帯電話に連絡する。時間が合いそうなら適当なところで待ち合わせ、食事をして帰る。

数年前、前妻とそうしていたときのことが、ぼんやりと浮かんだのだ。

あの頃の自分は、予定が合いそうだとわかったと同時に、適当な店を探して予約を入れた。双方の会社が都心のオフィス街にあったことも理由の一つだが、夜遅くまでオーダーを受けてくれる洒落たレストランは、探せばいくらでもあった。二人きりの方が珍しいくらい、どちらかが同僚を誘うことも多かった。圭祐にとって美人で賢い妻は自慢だったし、彼女にとってもまた、大手広告代理店勤務のスマートな夫は自慢だった。羨む視線を心地好く感じながら、圭祐はそつなく場を仕切り、利発な彼女も理想の妻の笑顔を崩さなかった。

話題のスポットにいても埋没しない、隅々にまで気を配った隙のないカップル。都会の恩恵に与り、喧騒に漂う時間は、確かに楽しかった。離婚した今でもそれは輝く想い出で、決して嫌悪すべき過去じゃない。

それでも、たまには隙を見せられたならもっとよかったのにと思った。あの頃の自分と彼女が、今の自分たちと同じように、体裁を取り繕うよりも素直に接しあうことができたなら。相手だけを見つめ、二人でいられたら場所なんかどこでもいいと胸を張って言えたなら。

そうだったならきっと、どのみち離婚することになったとしても、こんな苦い後悔は感じなかったかもしれない。

もう二度と彼女と逢うつもりはないけれど、もしも偶然出逢う日が来るならば、未熟だった自分を詫びたいと思った。自分と別れ、自然体でいられる場所を見つけた彼女は、今幸せだろうか。

彼女より数年遅れたけれど、大事に思う相手を見つけた自分が幸せなのだから――彼女もきっと、新しい家庭で幸せに暮らしているのだろう。

「……圭祐さん？」

物思いに耽っていると、瑞が小声で呼びかける。仕事で何かあったのかと言いたげな顔に笑顔で首を振り、圭祐はドアから背中を起こすと、瑞にだけ聞こえるように囁いた。

「じゃあ、ファミレスな」

「うん」

「メシ食いながら、高校の話して。どんな授業やってるのか、どんな人がいるのか」

その言葉に照れたように笑って頷いた瑞が、とても可愛く見えた。そして、こんな台詞が自然に口をついて出てくる自分が、なぜか好ましく感じられた。

かつてだったら甘い、ださいと切り捨てた部分を、誇りに思えるようになったのだ。

瑞に出逢って、自分は少しずつ変わったのだろう。

ただ……

「特にあの山崎ってのがどんな奴なのか、詳しく」

——こんなことまで言ってしまうほど変わったのは、ちょっと予想外だったのが否めないけれど。

✦初出　この口唇で、もう一度……………書き下ろし

うえだ真由先生、やしきゆかり先生へのお便り、本作品に関するご意見、ご感想などは
〒151-0051 東京都渋谷区千駄ヶ谷4-9-7
幻冬舎コミックス　ルチル文庫「この口唇で、もう一度」係
メールでお寄せいただく場合は、comics@gentosha.co.jp まで。

幻冬舎ルチル文庫

この口唇で、もう一度

2006年3月20日　　第1刷発行

✦著者	うえだ真由　うえだ まゆ
✦発行人	伊藤嘉彦
✦発行元	株式会社 幻冬舎コミックス 〒151-0051 東京都渋谷区千駄ヶ谷4-9-7 電話 03(5411)6431[編集]
✦発売元	株式会社 幻冬舎 〒151-0051 東京都渋谷区千駄ヶ谷4-9-7 電話 03(5411)6222[営業] 振替 00120-8-767643
✦印刷・製本所	中央精版印刷株式会社

✦検印廃止

ISBN4-344-80741-3　C0193　Printed in Japan

「幻冬舎ルチル文庫」

大好評発売中

「マイ・ガーディアン」

李丘那岐　イラスト▼やしきゆかり

高槻春也は、養護施設で高校まで育ち、夢だった小学校教諭として働いていた。ある日、かつていた施設の嫌な噂を聞いた春也は、証拠をつかむため施設に戻ることに。しかし施設で一緒に育った幼馴染みで弁護士の在田功誠に反対される。手助けして欲しいと頼む春也に、その条件として功誠は「抱かせろ」と……。子どもの頃から功誠のことが好きだった春也は功誠に抱かれるが——!?

◎580円（本体価格552円）

「スウィート・セレナーデ」

雪代鞠絵　イラスト▼樹要

将来を嘱望されたピアニスト・晴人は突如スランプに陥ってしまい、コンクールを棄権。それからはピアノに触れないまま自堕落な生活を送っていた。しかし、彼の前に突然現れた少年・睦月に「ユキちゃん」と違う名で呼ばれ、付きまとわれ始めてからは生活が一変する。睦月は、1年前に姿を消した恋人「優貴」と晴人を間違っているようだが……。

◎540円（本体価格514円）

発行●幻冬舎コミックス　発売●幻冬舎

「幻冬舎ルチル文庫」

大好評発売中

「不機嫌なエゴイスト」

高岡ミズミ

イラスト▼蓮川愛

友成洸は19歳。小学生の頃からカフェ「エスターテ」の常連で芦屋三兄弟とも仲がよい。特にサーフィンを教えてくれた次男の芦屋冬海に懐いていた。しかし8年前、冬海の親友だった洸の兄・輝が海で事故死したことから、冬海はサーフィンをやめてしまい、兄の死を悔いているからか、洸とも目を合わせてくれない。そんな冬海に想いを寄せる洸だったが……。

◎560円（本体価格533円）

「やさしく殺して、僕の心を。」

神奈木智

イラスト▼金ひかる

自分の美貌を武器に生きてきた神崎菜央は、持ち前の性格が災いしてトラブルに巻き込まれがち。ある日、刺されそうになったところを助けてくれたエリート然とした男に引っかかりを感じながらもその場で別れるが、数ヵ月後、本当に刺された菜央を再びその男が助けてくれる。身体目当てか、と疑う菜央に「ガキは興味ない」と言い放つ男は、大手暴力団の幹部・室生龍壱で……!?

◎540円（本体価格514円）

発行●幻冬舎コミックス　発売●幻冬舎

「幻冬舎ルチル文庫」

大好評発売中

「ありふれた恋よりも」

きたざわ尋子

イラスト▼ほり恵利織

高校1年の向高梓希が出会った一つ年上の神矢弓弦。落ち着いた大人な雰囲気の弓弦と不思議と気が合った梓希は、二人が実は親戚だったことを知る。そしてなぜか弓弦の家に預けられることに。やがて二人の周りで、不思議な出来事が起こり始める。そんな中、お互いのことを意識しだす梓希と弓弦だったが……!? 大幅加筆修正した初期作品と書き下ろし続編を同時収録。

◎560円（本体価格533円）

「そこに愛はあるのか」

月上ひなこ

イラスト▼山田ユギ

老舗の呉服屋の次男・美濃幸彦は女性にモテるのが生きがいな男だが、現在失業中なため実家暮らし。実家の経営も厳しいらしく、その存続をかけ、人嫌いで有名な友禅作家・香月天禅を口説くよう命ぜられる。伊豆の工房を訪れた幸彦は無愛想な天禅の生活能力のなさに驚くが、強引に家政婦として住み込むことに。やがて幸彦は天禅の不器用な優しさに心惹かれはじめ……。

◎540円（本体価格514円）

発行●幻冬舎コミックス　発売●幻冬舎

幻冬舎ルチル文庫

いおかいつき　イラスト 奈良千春
［君こそ僕の絶対］

白バイ隊から刑事になった諏訪内真二は、事件をきっかけに担当エリート検事・高城幹弥と恋人同士に。ある日、刑事課を尋ねてきた弁護士に敵意あふれる態度を取られるが、その新米弁護士は、高城の双子の弟・優弥だった。

540円（本体価格514円）

うえだ真由　イラスト やしきゆかり
［この口唇で、もう一度］

大手広告代理店に勤める椎名圭祐は、自他共に認める〝独身貴族〟。そんな圭祐のもとに、遠い親戚で17歳の瑞が居候することに。最初は迷惑に思っていた圭祐も瑞との生活を楽しみ始め、やがて互いに惹かれあうふたりだったが……。

580円（本体価格552円）

高岡ミズミ　イラスト 片岡ケイコ
［終わらない夢のつづき］

瀬名瑞希は帰宅途中、連れ去られそうになったところを浩臣・ランバートに助けられる。ボディーガードとしてやってきた浩臣と過ごすうちに、瑞希は次第に惹かれ始める。しかし浩臣は瑞希の双子の兄・和実へ秘めた想いを抱いていて……。

560円（本体価格533円）

崎谷はるひ　イラスト 街子マドカ
［恋愛証明書］

カフェレストランで働く安芸遼一は、美しい妻と愛くるしい男の子・准と訪れる常連客・皆川春海に一目惚れをしてしまう。しばらくして、離婚し落ち込んだ春海に夜の歓楽街で会った遼一は、身体だけの関係を持ちかけるが……。

580円（本体価格552円）

ひちわゆか　イラスト 新田祐克
［六本木心中②］

カリスマミュージシャン・九条高見。彼は、憎んでいたはずの瀬能結城に惹かれていく自分を認めることができない。そして酒に溺れ、堕ちた高見を救ったのは静養先で出会った青年・宗だった。大幅加筆改稿＋書き下ろしでお贈りする文庫化第2弾!!

540円（本体価格514円）

水上ルイ　イラスト 佐々成美
［王子様の甘美なお仕置き］

あるパーティで出会った村上恵太と日本屈指の大富豪・詞ノ宮令人。恵太は令人が理事長を務める『詞ノ宮美術館』でアルバイトを始める。美しい令人を守ると宣言する恵太に、令人はキスを……。しかし貞操の危機は令人ではなく恵太に降りかかり!?

540円（本体価格514円）

きたざわ尋子　イラスト ほり恵利織
［いつか君が降った夜］

向高梓希と神矢弓弦は又従兄弟同士。ある事情から梓希は弓弦の家に預けられ、やがて二人は恋人に。しかし、キスより先に進んでくれない弓弦に、自分が子どもっぽいからだとへこむ梓希は――!?　大幅加筆修正した初期作品と書き下ろし続編を同時収録。

560円（本体価格533円）

神奈木 智　イラスト 金ひかる
［おまえは、愛を食う獣。］

モグリの外科医・小田切優哉は、初めて出会った瞬間7歳年下の一之瀬響を「これは俺のものだ」と直感、誘惑。以来6年、身体の関係を結んでいる。しかし響の2代目襲名を間近に控え、身体だけの関係だったはずのふたりの心も揺らぎ始め……!?

540円（本体価格514円）

発行●幻冬舎コミックス　発売●幻冬舎